edition suhrkamp 2044

Julio Llamazares blättert im Fotoalbum seiner Kindheit. Erinnerungen an die Zeit der 60er Jahre in einem abgelegenen Bergarbeiterdorf Asturiens steigen auf. Jedes der Fotos zeugt vom Leben der Menschen dieser vernachlässigten Region: Asturien ist ein grüner, kalter Landstrich Spaniens. Im Winter kriecht die Kälte in alle Wohnungen. Der Weg zur Schule wird zum Martyrium. Noch immer ist bittere Nachkriegszeit, es fehlt an vielem. Vergnügen bereitet den Erwachsenen der wöchentliche Gang ins Kino, von dem das Kind Julio damals nur die Töne hört, die Bilder jedoch nicht sehen darf. So erfindet Julio sich die Filme selbst, eine Fähigkeit, die ihn bis heute begleitet. Auf seinen Reisen an die entlegensten Orte der Welt sammelt er Bilder, die den alten Film der Erinnerung wieder entstehen lassen, und jeder heutige Anlaß kann Ausgangspunkt sein für die Reise zurück in die vergangene Welt seiner Jugend in Olleros.

Die in langen Abständen erscheinenden Bücher von Julio Llamazares gehören zum Besten, was die zeitgenössische spanische Literatur zu bieten hat.

Julio Llamazares wurde 1955 in Vegamián geboren, einem kleinen asturischen Dorf, das heute nicht mehr existiert. Er lebt als Schriftsteller und Journalist in Madrid. Im Suhrkamp Verlag bereits erschienen sind *Wolfsmond* (1991) und *Der gelbe Regen* (1991).

Foto: Renate von Mangoldt

Julio Llamazares
Stummfilmszenen

Aus dem Spanischen von
Willi Zurbrüggen

Suhrkamp

Die Originalausgabe erschien unter dem Titel *Escenas de cine mudo* bei Editorial Seix Barral S. A, Barcelona.

Die Übersetzung wurde gefördert aus den Mitteln der Dirección General del Libro, Archivos y Bibliotecas des spanischen Kulturministeriums

edition suhrkamp 2044
Erste Auflage 1998

Deutsche Erstausgabe
Frankfurt am Main 1998

Satz: Jung Satzcentrum, Lahnau
Druck: Nomos Verlagsgesellschaft, Baden-Baden
Umschlag gestaltet nach einem Konzept
von Willy Fleckhaus: Rolf Staudt
Printed in Germany

1 2 3 4 5 6 – 03 02 01 00 99 98

Stummfilmszenen

Für meine Mutter,
die schon Schnee ist.

Meinem Freund und Übersetzer
Willy Böhringer,
der viel zu früh verstummt ist.

Dieser Roman, denn um einen solchen handelt es sich, sosehr er auch als Autobiografie erscheinen mag (jeder Roman ist autobiografisch und jede Autobiografie ist eine Fiktion), spielt in einer Zeit und an Schauplätzen, die wirklich einmal existierten. Wenn auch die Namen – bis auf ein paar Ausnahmen – geändert sind und die Begebenheiten sich nicht genauso zugetragen haben, so stimmen sie doch in vielem überein, zumindest in meiner Erinnerung. Jede Übereinstimmung mit der Realität ist daher *nicht* bloßer Zufall.

Der Autor

Während der Vorspann läuft

Die Frage ist nicht, ob es ein Leben nach dem Tod gibt; die Frage ist, gibt es ein Leben vor dem Tod.

Den Satz habe ich einmal irgendwo gelesen (oder geträumt, was dasselbe ist), und er fällt mir jetzt wieder ein, da ich noch einmal die Fotografien betrachte, die meine Mutter bis zu ihrem Tod aufgehoben und bewahrt hat und die in rund dreißig Bildern die ersten zwölf Jahre meines Lebens umreißen. Jene Jahre, die ich in Olleros verbracht habe, dem in den Bergen verlorenen und von allen vergessenen Bergarbeiterdorf am Ende der Welt, wo mein Vater als Lehrer arbeitete und wo ich, neben anderen Dingen, lernte, daß Leben und Tod manchmal dasselbe ist. Ein hartes rauhes Dorf (mag es auch noch so sehr von idyllischer, wunderschöner Landschaft umgeben sein), wo über achthundert Familien zusammengedrängt lebten und arbeiteten und in dem nichts mehr an jenes friedliche Bergdorf erinnerte, das Olleros wohl einstmals gewesen ist, und woran mich jetzt, irrigerweise, einige dieser Fotografien erinnern.

Angefangen hatte offenbar alles zu Beginn des vergangenen Jahrhunderts, als *der Engländer* in diese Gegend kam; eine sonderbare legendäre Gestalt, die eines guten Tages in der Gegend aufkreuzte, mit höchst seltsamen Werkzeugen beladen und seinem Pferd als einzigem Begleiter. Nach einigen Monaten im Tal, während derer er die Berge und Höhlen der Umgebung erkundet und die Bewohner der Dörfer nach Dingen gefragt hatte, die sie damals noch nicht wußten, kehrte *der Engländer* in sein Land zurück, um bald darauf in Begleitung anderer und mit noch mehr Werkzeug und Maschinen zurückzukommen.

Allem Anschein nach suchte *der Engländer* nach dem Eisen, das die Römer, die einige Jahrhunderte zuvor ebenfalls durch Olleros gekommen waren – obwohl heute nichts mehr an sie erinnert –, zurückgelassen hatten. Auch die Engländer ließen, nachdem sie mehrere Jahre gearbeitet hatten und dann wieder abzogen, ein paar Sachen zurück (einen Kupferkessel, einen großen Blechkoffer und ein verrostetes Tablett bewahrte eine Familie aus dem Dorf noch immer in ihrem Haus auf), die Ruinen der Zeche *Imponderable* – wie sie selbst sie getauft hatten – sowie den Faden einer Legende, der sogleich von anderen Abenteurern und Glücksrittern aufgenommen wurde, die von überall her kamen.

Soweit man weiß, hat nie jemand etwas gefunden. Alle gingen, wie sie gekommen waren (mit Ausnahme jener, die für immer dort begraben blieben), ohne eine andere Erinnerung an ihren Aufenthalt zu hinterlassen als eine ferne Anekdote und eine Reihe von über den Berg verstreuten Löchern. Diese waren es, die später von Miguel Botías vergrößert wurden und in denen er seine Arbeit aufnahm.

Botías war ein Ingenieur, der, genau wie die Engländer, eines guten Tages auf den Spuren der alten Römer nach Olleros kam. Im Gegensatz zu jenen jedoch war Botías kein Romantiker. Im Gegensatz zu den Engländern und all den Abenteurern, die ihm folgten, vertrat Botías ein Konsortium von Unternehmern und kam, wohl versehen mit Geld und Genehmigungen, um die

Bodenschätze des Tals zu erschließen. Er war nicht nur am Eisen der Römer interessiert. Ihn interessierte das Eisen, aber auch die Kohle, die den Schlaf der Zeit im Innern des Berges schlief und die, in Verbindung mit dem Metall, wie er sagte, jenes Land eines Tages zum El Dorado machen konnte.

Die frühen Bergwerke des Miguel Botías (drei Köhlerhütten von kaum eineinhalb Metern Durchmesser: die *Moderna*, die *Antigua* und die wieder hergerichtete *Imponderable*, deren halb unter Gestrüpp begrabene Ruinen noch zu sehen waren, als ich in Olleros wohnte) nahmen gegen Mitte des letzten Jahrhunderts ihren Betrieb auf, und in ihnen arbeiteten unter seiner Aufsicht mehrere Einwohner von Olleros und aus den umliegenden Dörfern, die ihre Tätigkeit als Bergleute und als Bauern auf ihren Feldern abwechselnd verrichteten. Es waren wagemutige Männer mit unzulänglichem Werkzeug, schlechter Kleidung und ohne jegliches Wissen von ihrem Beruf, als dem, das Botías ihnen vermittelt hatte, weshalb viele von ihnen bei den unvermeidlichen Verschüttungen und Erdeinbrüchen, zu denen es im tiefsten Innern des Berges immer wieder kam, ihr Leben ließen.

Doch der Weg war einmal eingeschlagen. In die Fußstapfen von Botías traten weitere Unternehmer, die in anderen Gegenden zu graben begannen und immer mehr Leute beschäftigten, je weiter die Schächte vorangetrieben wurden. Die Arbeit, obgleich riskant, war einträglich, und obwohl die Furcht vor einem Ende, wie es so viele ereilte, sie anfangs schreckte, entschlossen sich immer mehr zur Arbeit in den Zechen und gaben ihre althergebrachte Feldarbeit auf. Innerhalb kurzer Zeit verwandelte sich das ganze Tal in einen Ameisenhaufen, in dem sämtliche Männer und sogar ein paar Frauen aus den Dörfern der Gemarkung sich fleißig mühten.

Zu jener Zeit, um 1845, wurde in Sabero, dem größten Dorf des Tals, mit dem Bau dessen begonnen, was, wenn auch nur für kurze Zeit, die erste Gießerei Spaniens werden sollte. Die Konkurrenz der kastilischen Zechen, die zwar mindere Qualität lieferten und eine geringere Kapazität hatten, dafür aber eine bessere Infrastruktur aufwiesen, überzeugte die Unternehmer der Region, allen voran Botías, von der Notwendigkeit, sich zusammenzuschließen, um den Traum des Ingenieurs zu verwirklichen: das Eisen an Ort und Stelle zu schmelzen und dafür die Kohle und das Erz der *Imponderable* zu benutzen. So wurde die *Zechengesellschaft Palencia-León* gegründet (weniger ihres Wirkungskreises als der Herkunft ihrer Gesellschafter wegen so genannt) und, nach den Plänen eines französischen Ingenieurs, der erste Hochofen Spaniens gebaut. Die Maschinen wurden von England zum Hafen von Gijón verschifft und von dort aus auf Fuhrwerken nach Sabero transportiert, wo sie Ende 1847 unter dem Jubel und der Bewunderung ihrer Betreiber und aller Bewohner des Tals in Betrieb genommen wurden. In seinen besten Zeiten verfügte das Eisenwerk von San Blas, nach der kleinen Kapelle benannt, in deren Nachbarschaft es errichtet worden war, über zwei Hochöfen von 57 und 60 Fuß Höhe, die von zwei Dampfkesseln gespeist und von zwei Gebläsen gekühlt wurden. Die Anlage wurde mit von Ochsen gezogenen Kipploren versorgt, die die Kohle aus den Schächten transportierten, und sie produzierte bis zu sechzehn Tonnen Eisen täglich, das anschließend in den betriebseigenen Werkstätten in verschiedene Formen und Größen geschnitten wurde. Das Erzeugnis war jedoch von schlechter Qualität (die Ränder waren selbst nach dem Härten noch brüchig), so daß die Produktion stetig zurückging, bis sie 1862, nur fünfzehn Jahre nachdem das legendäre Eisenwerk eingeweiht worden war, endgültig zum Stillstand kam. Verlassen, den Dieben und dem Rost anheimgegeben, verschwanden die Maschinen, und das riesige Gebäude verfiel, bis es mit dem Lauf der Zeit zu jenem elenden und traurigen architektonischen Gespenst verkam, unter dessen Gewölben die Pärchen von Sabero Unterschlupf fanden und in dessen Ruinen mehrere Generationen von uns Jungen in die Geheimnisse der Liebe und des Rauchens eingeführt wurden.

Auf die Schließung des Eisenwerks folgte der Niedergang der *Zechengesellschaft Palencia-León*, bis sie, wie alle übrigen Gesellschaften, von *Steinkohle Sabero* übernommen wurde, dem großen Unternehmen, das ich schon kannte und das seit dem sogenannten *Hungerstreik* (dem großen Zechenstreik von 1917, der ein halbes Jahr dauerte und viele Familien zum Fortziehen zwang) allein das ganze Tal ausbeutete. Der Direktor war ein baskischer Ingenieur, der direkt von den Gründern abstammte und für den an die zweitausend Leute arbeiteten. Die meisten von ihnen wohnten in Olleros, wo die Firma, um Sabero freizuhalten, den Ort, in dem die Bürogebäude und die Landhäuser der Ingenieure standen, jene Baracken baute, die als Unterkünfte für die Arbeiter bestimmt waren. Aus diesem Grund, und auch wegen der Menschen, die sich, vom Ruf der Zechen angezogen, in Olleros niederließen und alle möglichen Gewerbe und Familiengeschäfte eröffneten, war das friedliche Dörfchen, das *der Engländer* ein Jahrhundert zuvor kennengelernt hatte, zu meiner Zeit längst eine schmutzige überschäumende Zusammenballung mit mehr als viertausend Seelen.

Es war ein anarchisch gewachsenes Dorf, das sich mit jeder Zuwandererwelle vergrößerte und sich durch die Talwindungen und engen Schluchten zog, welche die Hänge des höchsten Berges durchschnitten. Auf der einen Seite war da das alte Dorf, das nach und nach der Zeche hatte weichen müssen und jetzt praktisch verlassen dalag, und auf der anderen Seite die von der Firma gebauten Unterkünfte, dazu da, all die Leute aufzunehmen, die sich in Olleros niederließen, je mehr es mit den Zechen voranging (und die eines Tages ebenso wieder verschwanden, ohne eine andere Spur als einen Schwanz von Schulden und den Staub ihrer Schritte zu hinterlassen). Von diesen Menschen und den Kindern dieser Bergleute, für die das Leben nicht viel mehr wert war als eine Partie Karten (da sie daran gewöhnt waren, ihr Leben unter Tage aufs Spiel zu setzen), habe ich mit den Jahren alles gelernt, was wirklich wichtig für mich war. Zum Beispiel – und hier kommt der Satz noch einmal –, daß die Frage nicht ist, ob es ein Leben nach dem Tod, sondern eines davor gibt.

Gewiß, als ich ihn zum erstenmal hörte (oder träumte, was dasselbe ist), war das schon fern von Olleros und in einer anderen Zeit als der hier beschworenen. Vielleicht las ich ihn in einem Buch oder hörte ihn in einem Lied, von dem ich weder die Musik mehr weiß, noch wer es wo gesungen hat. Doch sonderbarerweise erinnere ich mich an diesen Satz, da ich die Fotografien betrachte, die meine Mutter bis zu ihrem Tod aufgehoben und bewahrt hat, zusammen mit meinen Briefen – den wenigen Briefen, die ich ihr schrieb, auf die sie jedoch immer gewartet hat. Vielleicht weil ihr Anblick mir auch ein Bild ins Gedächtnis ruft, das ich längst unter der dicken Decke des Schnees verloren glaubte, den die Jahre auf meine Erinnerung gehäuft haben: das Bild der Bergleute, die vor Anbruch des Tages von der Arbeit kamen, das ganze Dorf verschneit, und deren schwarze Gestalten mir auf der Straße begegneten, wenn ich im Morgengrauen aufbrach, um nach Sabero zu fahren, ohne daß ich je wußte, ob es Menschen oder Gespenster waren. Und dasselbe denke ich heute, auch über mich selbst, wenn ich wieder diese Fotos betrachte, die das Schicksal mir in die Hand gibt, damit ich mich an jene Jahre erinnere. Oder sie erfinde?

1. Ferne Horizonte

Die erste Erinnerung, die ich an mich selbst habe, in dieser Sphäre, in der die Bilder im Dunst des Gedächtnisses verschwimmen, ist die eines blonden sechs- oder siebenjährigen Jungen in langen Hosen und einem dicken grün-weißen Wollpullover. Einem Pullover, den meine Mutter mir an langen Winterabenden am Ofen gestrickt hatte, während sie leise die Lieder aus dem Radiowunschkonzert mitträllerte.

Der Junge steht vor dem Kino, einem düsteren zweistöckigen Bau, der sich am Rande des Dorfes zwischen den Abraumhalden und Fülltrichtern der Zeche und den schwarzen Dachziegeln des Konsums erhebt. Es ist kalt, und die Nacht ist über das Dorf hereingebrochen, füllt es mit Stille und eisigem Regen, doch der Junge steht weiterhin unbeweglich vor dem Kino, in dem schon vor einer Stunde der Film begonnen hat, den seine Eltern sich bequem im Parkett sitzend ansehen und den er sich vorstellen muß, indem er die Standfotos betrachtet, die am Eingang die wichtigsten Szenen vorwegnehmen.

Es sind fünf. Eines, das erste, zeigt hinter Glas und im Licht einer verstaubten Glühbirne das Bild einer Frau, die an einem Baum lehnt, das blonde Haar fällt über ihr Gesicht, als sei vor ihr (und vor der Kamera) gerade ein Auto vorbeigefahren und habe im Vorüberfahren ihr Haar durcheinandergebracht. Das zweite ist fast ganz von den Anfangszeiten und dem Programm der kommenden Woche verdeckt, doch der Junge kann trotzdem noch die Umrisse eines Wolkenkratzers erkennen, vor dem mehrere Taxis parken und über dem eine Leuchtschrift unter dem schwarzweißen Himmel blinkt – so zumindest stellt er sich das vor: *Hotel Barbizon.* Das dritte Plakat zeigt ein Auto am Meer, an einem verlassenen Strand, über den Papierfetzen und herrenlose Sonnensegel wehen. Auf dem vierten küssen sich ein Mann und eine blonde Frau – vielleicht die vom ersten Plakat – leidenschaftlich vor einem Hintergrund von zerklüfteten Bergen. Und das letzte, das Geheimnisvollste (wegen der vielen Schatten und des Staubes, der sich in jenem Winkel des Schaukastens abgelagert hat, in dem das Plakat hängt, das am weitesten vom Eingang entfernt und am schlechtesten beleuchtet ist), zeigt die Leiche eines Mannes – vielleicht dessen, der auf dem vorigen Bild die Frau vom ersten Foto küßte – in einer Gasse, inmitten einer Blutlache.

Vor dem Kino stehend, während die Nacht die Zechenhalle und die umliegenden Gassen entvölkert, spürt der Junge, trotz der Kälte, schon kaum mehr etwas. Der Junge ist jetzt weit fort von diesem Dorf, über dem der Regen und die eisigen Sterne zittern, streunt mit abwesendem Blick, die Hände in den Taschen einer dunklen Jacke, durch die Straßen einer weit entfernten Stadt, in der es anstelle der Wohnbaracken Hotels gibt und anstelle der Kipploren Automobile, die im Mondschein glänzen wie Diamanten. Er hört zwar noch die Stimmen, die aus der Kabine nebenan wie ein Echo widerhallen. Aber er hört sie nicht mehr aus der Vorführkabine und auch nicht aus größerer Entfernung aus dem Parkett. Der Junge hört diese Stimmen seit einer Weile viel klarer und deutlicher (als wäre er jetzt der einzige, der sie hören könnte), während er in seiner Jacke durch die Straßen einer einsamen Stadt schlendert, in der eine blonde Frau auf ihn wartet, um ihn zu küssen.

»Julio! Was machst du denn hier draußen in der Kälte?«

An der Hand seiner Eltern geht der Junge durch die Gassen des Dorfes nach Hause und spürt jetzt wieder die beißende Kälte des Windes und den feuchten schwarzen Geruch, den dieser von den Schutthalden herüberträgt, während er in Gedanken noch immer zwischen den Hotels dahinschlendert, in denen eine blonde Frau auf ihn wartet, um ihn zu küssen, und die er morgen weitersuchen wird, wenn das *Kino Minero* geschlossen hat. Später, in ein paar Tagen, wenn ein neuer Film den alten abgelöst hat, wird er Señor Mundo, den Kinopächter, um die fünf abgehängten Filmfotos bitten und sie zu Hause lange Zeit betrachten, Nacht für Nacht, während er sie mit den alten Farben übermalt, die es nur im Kino und in der Erinnerung des Jungen gibt, der mich jetzt wieder von dem alten kleinen Foto her ansieht, das eines Tages jemand von ihm am Eingang des Kinos vor dem Schaukasten seiner Träume gemacht hat, vor dem Hintergrund eines Filmplakats, auf dem James Stewart mit seiner Pistole in Richtung Kamera zielt, während er mit seinem linken Arm Julie Adams vor einer unsichtbaren Gefahr beschützt, die im Hintergrund verharmlost wird von einer melancholischen Landschaft mit Kühen und Bergen, über deren Gipfellinie der Name des Films geschrieben steht, der an jenem Tag im *Minero* gezeigt wurde und der auch der Fotografie, die ich jetzt in den Händen halte, ihren Namen gibt: *Ferne Horizonte*.

2. Geisterporträt

Aus jeder Fotografie blicken uns unweigerlich die Augen von Geistern an. Manchmal hat so ein Geist dieselben Augen, dasselbe Gesicht, trägt manchmal sogar denselben Namen wie wir. Trotzdem sind wir einander zwei absolute Unbekannte.

Aus jeder Fotografie blickt uns stumm das dunkle Auge des Abgrunds an. Manchmal, so wie jetzt, ist dieses dunkle Auge kaum wahrnehmbar, es löst sich auf im behaglichen Klima des Klassenzimmers an einem Wintermorgen, an dem der Ofen, den mein Vater in Gang setzte, bevor wir Schüler eintrafen, seine Wärme und einen leichten Rauchgeruch verbreitete. Der Ofen ist auf dem Foto nicht zu sehen. Ich erinnere mich, daß er in einer Ecke des Klassenzimmers stand, zwischen der Kohlenschütte und dem Bücherschrank, groß und schwarz wie eine Lokomotive und den Bauch stets glühend rot. Mein Vater zündete ihn frühmorgens an, damit es nicht mehr kalt war, wenn wir, seine Schüler, eintrafen, und später kümmerten wir uns darum, den Ofen in Abständen durchzustochern und Kohle nachzufüllen, die die Firma regelmäßig von der Zeche bringen ließ. An manchen Tagen wurde auf ihm auch die Tinte erwärmt, die in kalten Nächten einfror, sowie die Milch aus amerikanischem Milchpulver zubereitet, die mein Vater mit einem Stock umrührte und während der Pause in großen Aluminiumtassen ausschenkte. Dieser ganze Geruch, der des Milchpulvers und der Kohlen, der des Ofens und der Tinte, weht durch dieses alte, von einem unbekannten Fotografen handkolorierte Foto, wenngleich der Ofen nicht zu sehen ist und der Qualm auch nicht das Gesicht des Jungen verwischt, der meine Augen hat und meinen Namen trägt.

Es ist derselbe wie der vom Kino. Vielleicht ist inzwischen einige Zeit vergangen (dieser wirkt älter und hat helleres Haar), doch in beiden erkennt man denselben ernsten verdrießlichen Gesichtsausdruck, dasselbe Unbehagen, fotografiert zu werden. Vielleicht ist dies das einzige, was uns drei noch miteinander verbindet. Der aus der Schule trägt auch nicht mehr den dicken Wollpullover, den meine Mutter ihm an langen Winterabenden am Ofen gestrickt hat, und nicht mehr die langen Hosen, die er sonntags gern anzog, weniger um sich gegen die Kälte zu wappnen, als um in den Augen der Frauen älter zu erscheinen, die auf der Kinoleinwand darauf warteten, ihn zu küssen. Statt dessen versuchen ein weißes Hemd und ein brauner Strickpullover diesen vorzeitig gereiften Mann aus ihm zu machen, der er immer sein wollte, doch jetzt, vor dem unbeteiligten Auge der Kamera, fällt dieser Pullover zweifellos etwas groß aus. Nicht einmal die Schreibfeder, die er in der Hand hält und, ohne hinzusehen, auf ein in schwarzes Wachstuch eingeschlagenes Heft richtet, und auch nicht die Weltkugel, auf der – mit Vorbedacht auf Spanien weisend – seine andere Hand ruht, vermögen ihm das Selbstbewußtsein zu geben, an dem es ihm mangelt. Auch wenn er es nicht wahrhaben will, sein Blick ist der eines sechsjährigen Jungen.

Und dennoch ist dies bereits mein Blick. Derselbe, der mich jeden Morgen aus dem Spiegel heraus anschaut.

Derselbe, der mich jetzt im Licht dieses Fotos, im diffusen Schimmer der zeitlichen Entfernung sucht und an mir noch eine andere Kleinigkeit zu finden hofft, die mich mit diesem stummen Gespenst identifizieren könnte. Doch da ist nichts mehr. Weder die Miene, noch die Haltung, noch die Form des Gesichts oder der Hände. Nicht einmal das Grün der Augen, das ein fahrender Fotograf mit der Hand hineingemalt hat, genau wie er selbst die Augen der blonden Frauen anmalte, die nur auf der Leinwand leben. Was aber, trotz allem, nichts daran ändert, daß er sich jetzt an jenen Tag und an jenen alten Fotografen erinnert, als wären sie, für mich, noch immer ganz nah.

Er tauchte eines Morgens überraschend in der Schule auf (zumindest erinnere ich mich nicht mehr, daß uns jemand davon in Kenntnis gesetzt hätte), mit seinem Koffer über der Schulter und Kamera und Stativ in der Hand. Ein schon älterer Mann mit Hut und gestreiftem Anzug, der das sonderbare Aussehen der Menschen hatte, die müden Schritts durch die Welt ziehen. Er war Galicier (oder Portugiese, wer weiß) und zog schon viele Jahre, wie er meinem Vater sagte, mit dem Koffer über der Schulter und Kamera und Stativ in der Hand durch die Städte und Dörfer des Landes. Er verdiente seinen Lebensunterhalt damit, daß er die Schulen besuchte und Fotos machte, die er später handkolorierte.

Ich weiß noch, daß er zu mir sagte: »Sieh mal, Junge. Da komme ich her«, und auf einen Punkt irgendwo im Westen deutete, als ich ihm half, eine Landkarte an der Tafel aufzuhängen.

Den ganzen Tag lang machte er Fotos, mit der ausdrücklichen Erlaubnis meines Vaters, der ebenfalls vor der Kamera posierte. Er stellte das Stativ mitten im Klassenzimmer auf, und einer nach dem anderen setzten wir uns hinter das Lehrerpult, auf dem er zuvor ein Heft und einen Füllfederhalter zurechtgelegt und den Drehglobus hingestellt hatte, den wir im Klassenschrank aufbewahrten. Als Hintergrund ein gefaltetes Bettlaken und die Landkarte, die ich ihm an der Tafel aufzuhängen half.

»Ganz still, beweg dich nicht. Schau starr in die Kamera.«

Den ganzen Tag lang wurden wir, einer nach dem anderen, vor die Kamera gesetzt, alle mit demselben Gesichtsausdruck und derselben steifen Haltung künstlicher Spontaneität: die Füllfeder in einer Hand, auf das Heft weisend, ohne daß wir hinsahen, die andere Hand auf der Weltkugel (mit den Fingern auf Spanien) und die Augen starr auf das dunkle Glas gerichtet, durch das er uns anschaute, den Kopf unter seinem Hut verborgen und mit der rechten Hand das Ende des Kabels haltend.

Danach habe ich ihn nie mehr gesehen. Der Fotograf ging, wie er gekommen war, nachdem er seine Arbeit beendet hatte, hinterließ uns als einzige Erinnerung ein Lächeln und, nach einigen Tagen, als sie mit der Post in die Schule gebracht wurden, unsere kolorierten Fotografien. Wenige Wochen später sprach bereits niemand mehr von ihm, und man erinnerte sich kaum noch, daß er dagewesen war. Ich konnte ihn jedoch lange Zeit nicht vergessen. Lange wartete ich vergebens auf seine Rückkehr, spähte immer wieder aus dem Fenster in der Hoffnung, sein altes Auto am Ende des Dorfplatzes heranrumpeln zu sehen.

Vielleicht erinnere ich mich deshalb noch an ihn, nach so vielen Jahren und so vielen zurückliegenden Fotografien; und obgleich ich in seiner nichts anderes sehe als mein eigenes Gespenst, hat sich die Erinnerung an ihn in meinem Gedächtnis eingeprägt wie eine handkolorierte Fotografie: sein Filzhut, sein Koffer, sein Stativ und seine Kamera, sein alter gestreifter Anzug und das Profil seiner still über das Lenkrad gebeugten Gestalt, als sein klappriger Wagen zwischen den Abraumhalden und der verlassenen Zeche rumpelnd davonfuhr.

3. Die Teufelsberge

Viele Jahre später sah ich im Berliner Grunewald die Abraumhalden meiner Kindheit wieder.

Ich war von einer spanischen Zeitung in die Mauerstadt entsandt worden, um eine Reportage über Deutschland und seine ehemalige Reichshauptstadt zu schreiben. Es war kurz vor der großen Flut, nur einige Monate bevor plötzlich und überraschend die Schleusentore geöffnet wurden – als kein Mensch damit rechnete – und das so viele Jahre hinter der Mauer aufgestaute Menschenmeer über die Ufer trat. Eine Woche lang (ich weiß noch, es war Juni, und der Frühling überschwemmte die deutschen Parks und Promenaden mit Sehnsucht und mit Blumen) lief ich durch die Prachtstraßen Berlins und suchte zwischen seinen Mauern die Erinnerung an die mythische Stadt, die einmal der Nabel der Welt und das Nest der Schlange gewesen war, die sie beinah verschlungen hätte. Ich sah die Kreuze an der Mauer, den Drahtverhau und die Übergänge, an denen viele Männer und Frauen ihr Leben gelassen hatten, als sie versuchten, auf die andere Seite zu gelangen. Ich fotografierte die Kirchen und die bombardierten Schlösser. Ich ging über die berühmte Prachtstraße Unter den Linden (auf der, in ihrer glorreichen Zeit die Welt herausfordernd, Hitlers Heerscharen unter dem grünen Schatten des Siegesengels marschierten) und über den legendären Kanal, in dem an einem kalten Wintermorgen des Jahres 1919 die Leiche von Rosa Luxemburg schwamm und auf dem, am Vorabend des Krieges, Tausende von Hakenkreuzfähnchen trieben, die an kleinen Schwimmern befestigt waren. Ich sah auch den Todesstreifen, den alten geschleiften Hauptbahnhof. Ich warf einen Blick auf die Glienicker Brücke (wo Russen und Amerikaner ihre Spione austauschten, als der *Kalte Krieg* ein Wort war, das ich, drüben in Olleros, nur aus dem Radio kannte), und über die Friedrichstraße ging ich eines Tages auf die andere Seite, um die dunkle Seite des Mondes zu sehen und wie Celan, wie Isherwood, wie Handke festzustellen, daß in Berlin das Gewicht der Welt schwerer auf einem lastet als anderswo. Doch bei allem, was ich auf meinen Wegen sah oder zu sehen glaubte: mehr noch als die Mauer selbst und die Stationen der alten U-Bahn, die seit dem Krieg geschlossen waren und Tag und Nacht von Polizisten mit abgerichteten Hunden bewacht wurden, beeindruckte mich der Anblick des mythischen Teufelsberges im Grunewald.

An jenem Tag kam ich von Spandau zurück, wo ich das Gebäude gesucht hatte, in dem vierzig Jahre lang der einsamste und jämmerlichste Gefangene der Menschheitsgeschichte untergebracht war. Ich habe es nicht gefunden. Rudolf Hess, der vom Nürnberger Tribunal zu lebenslanger Haft verurteilte Stellvertreter Hitlers, war wenige Tage vorher gestorben (in ebendiesem Gefängnis, in dem sein Leben zu Ende ging, ohne daß er Berlin noch einmal zu Gesicht bekommen hatte), und von den Alliierten, die sich all die Jahre bei seiner Aufsicht und Bewachung abgelöst hatten, war das Gebäude in aller Eile abgerissen worden, um zu verhindern, daß es zu einem Wallfahrtsort für Neonazis wurde. Enttäuscht ging ich am Havelufer entlang nach Berlin zurück, als die Sonne bereits hinter den Parks versank. Im Grunewaldpark, schon in der Nähe meines Hotels, setzte ich mich ins Gras, um auszuruhen und eine Zigarette zu rauchen. Auf dem Rasen spielten Kinder unter den wachsamen Augen ihrer Mütter. Ein besonders verwegenes kletterte den Berg hinauf, der bis über die Baumkronen reichte und auf dessen Kuppe man die beunruhigenden Silhouetten amerikanischer Radarantennen sah. Er war nicht sehr hoch, doch hoch genug, um die Stadt zu beherrschen und daß die Kinder den grasbewachsenen Hang hinunterkullern konnten. Und auch, wie ich später erfuhr, um den Berlinern im Winter, wenn die deutsche Tiefebene monatelang unter Schnee begraben liegt, mangels anderer Höhen und Hänge als Skihang zu dienen.

Der Landstreicher, der, ungerührt ob der Stürze der Kinder und der Schreckensrufe ihrer Mütter, neben mir sein Bier trank, erzählte mir davon. In Wirklichkeit war dies kein Berg, ebensowenig wie die anderen Erdhügel, die ich auf meinem Gang entlang dem Havelufer gesehen hatte. Es war eine der vielen Abraumhalden – über die Jahre natürlich mit Gras überwuchert –, die die Trümmerfrauen von Berlin in langen Reihen und mit ihren bloßen Händen in den Parks aufgeschichtet hatten, als der Krieg vorbei war und ihre Männer tot oder im Gefängnis waren und ihnen nichts anderes übrigblieb, als den Schutt aus den Straßen Berlins fortzuräumen, um mit dem Wiederaufbau ihrer Häuser beginnen zu können. Berge von Ruinen und Trümmern, unter denen die Berlinerinnen, zusammen mit dem Bauschutt, viele ihrer Erinnerungen und den ganzen Schmerz eines Volkes begruben, das nicht einmal das Recht besaß, seinen Schmerz zu äußern.

»Darum«, schloß der Landstreicher, »wurde dieser, der der höchste ist, Teufelsberg genannt.«

Ich weiß nicht warum, aber als die Nacht sich langsam über den Park herabsenkte, still und verlassen, nachdem die Kinder und ihre Mütter nach Hause geeilt waren, dachte ich plötzlich, genau wie jetzt, an die Abraumhalden von Olleros, Hort der Erinnerung aller verschütteten Bergarbeiter. Schwarze Berge aus Kohle und Erde, stellenweise mit Disteln und Dornengestrüpp bewachsen, an deren Flanken man aber noch die blinden Löcher sehen konnte, die das Grubengas in den Berg gesprengt hatte.

Ich weiß noch, daß direkt hinter unserem Haus einer stand. Zwischen den Baracken des Bergwerks und den Hütten (diesen winzig kleinen schäbigen Ställen, in denen Schweine und andere Tiere gehalten wurden, in denen früher aber die Bergleute gehaust hatten) erhob er sein Haupt mit der zackigen Krone eines gestrandeten Schiffs, zu dem wir Kinder hinaufstürmten und spielten, so wie die Kinder in Berlin auf dem Teufelsberg. Wir wußten damals noch nicht, daß unter ihm, wie auch unter jeder anderen der zahllosen Abraumhalden, deren Umrisse zwischen den Häusern aufragten, der eine oder andere Bergmann den Tod gefunden hatte, überrascht von einem Kohleeinbruch oder vom schwarzen trockenen Bersten des Grubengases im Innern des Berges.

Es dauerte noch mehrere Jahre, bis ich davon erfuhr. Ich war neun oder zehn, als ich eines Tages auf dem Nachhauseweg von der Schule Leute sah, die laut rufend in Richtung Konsum liefen. Ich rannte hinter ihnen her und sah schon von weitem noch mehr Menschen um einen Stollen stehen, der direkt neben den Häusern eingebrochen war. Der Stollen war sehr tief, fünfzehn Meter ungefähr, und auf seinem Grund konnte man ein Loch erkennen, aus dem schweres schwarzes Wasser sprudelte und ein starker Brandgeruch aufstieg. Offenbar war, wie jemand berichtete, plötzlich eine Explosion zu hören gewesen, und der Garten, in dem er sein Gemüse zog, war nach unten weggesackt.

Ich konnte sie nicht sehen, als sie herausgeholt wurden. Während der ganzen Nacht arbeiteten die Rettungsmannschaften der Zeche im Licht von Taschenlampen und der Scheinwerfer eines Lastwagens, und bei Anbruch des Tages konnten sie den ersten Toten bergen. Diesmal waren es insgesamt vier. Alle vier schwarz, verkohlt. Einer von ihnen der Vater von Balboa, meinem Spiel- und Klassenkameraden und Verursacher der Narbe, die noch heute auf meiner Stirn zu sehen ist, als Erinnerung an jene Jahre: er brachte sie mir bei einer Prügelei mit einem Stein bei. Was nichts daran ändert, daß ich mich jetzt wieder an seine Tränen erinnere, als er zur Beerdigung seines Vaters neben mir ging.

Unfälle wie diesen gab es viele in jenen Jahren; ebenso viele, wie Abraumhalden ihre schwarzen Kämme über die Häuser erhoben. Die Stollen der Zeche befanden sich direkt unter dem Dorf, höhlten überall den Boden aus, und einmal verschlangen sie sogar einen Stall und einige der Gärten, die die Bergleute sich hielten, um ihren Lohn aufzubessern und ihre vom Kohlenstaub zerfressenen Lungen zu kurieren. Plötzlich ließ eine Explosion die Erde beben, zerschmetterte mit ihrem Druck die Fensterscheiben der Häuser, und wieder klaffte irgendwo ein dunkles Loch. Die Erdeinbrüche blieben jedoch nie lange offen. Abgesehen von der Gefahr, die sie darstellten (ein Hund verschwand, vom Berg verschluckt, für immer; und eines Nachts wäre ein armer Betrunkener fast seinen Spuren gefolgt und in einen hineingekullert), beeilten sich die Leute auch, sie mit allem möglichen Schutt und Abfall aufzufüllen, wie um sie dadurch zu vergessen. Später sorgte die Firma dafür, daß sie endgültig von der Landkarte verschwanden, indem sie die Abraumhalden der Kohlenschlacke daraufhäufte. Abraumhalden, die nach und nach zwischen den Häusern zu richtigen Bergen emporwuchsen und die mir, wie an jenem Tag in Berlin durch den Anblick des Teufelsberges, jetzt wieder durch ein kleines Foto in Erinnerung gebracht werden, auf dem mein Bruder und ich, nebeneinander, aber doch auf Distanz, für die Kamera vor jener posieren, die sich direkt neben unserem Haus befand.

4. Die Zeitmaschine

Es ist merkwürdig, in welcher Form Erinnerung aufleuchtet und gegenwärtig wird. Als ich diese Notizen aufzuschreiben begann (Fußnoten zu persönlichen Fotografien dieses verlorenen Albums meiner Jahre in Olleros), glaubte ich nicht, mich an mehr als hier und da einen Namen oder ein fernes, wie durch ein Wunder dem gefräßigen Lauf der Zeit entrissenes Bild zu erinnern. Doch je länger ich sie betrachte – und vor allem, je länger ich hinter ihnen suche –, desto leuchtender werden meine Augen, und die Fotografien bewegen sich und werden lebendig wie die Standfotos, die ich im Schaufenster des *Minero* sah. Nur daß diese hier die meines eigenen Lebens sind und ich daher der einzige bin, der ihnen Ton und Bewegung geben kann.

Es ist wie mit den Erinnerungen. Manchmal – meistens – sind sie nicht mehr als Standfotos, Szenen eines Films, der auf vier oder fünf Momente zusammengeschrumpft ist und den nur die verzerrte Optik der Zeitmaschine lebendig werden lassen kann. Eine Maschine, die so alt ist und manchmal so launisch wie die, die Señor Mundo zur Vorführung eines Films in der lauen Dunkelheit seiner Kabine einschaltete und die mich von dem ärmlichen Dorfkino weit fort in die Welt hinaus entführte. Nur daß die Erinnerungen nicht, wie er es tat, beliebig angehalten oder abgestellt werden können.

Erinnerungen kommen einfach. Sie tauchen plötzlich hinter einem Foto auf, ziehen nach und nach an unserem inneren Auge vorbei und verschwinden dann wieder (manchmal, oft, für immer). Darum, um sie nicht wieder zu verlieren, habe ich heute, nachdem ich sie so viele Jahre nicht mehr angeschaut habe, damit begonnen, die Fußnoten zu diesen Fotografien zu schreiben, die meine Mutter bis zu ihrem Tod aufgehoben und bewahrt hat und die, wie alte Standfotos, in ihren Abbildungen den Film einer Zeit raffen, der, ohne daß ich es gemerkt habe, in den tiefsten Tiefen meines Gedächtnisses vergessen liegt wie die beschädigten oder durchgebrannten Filmrollen im Vorführraum des *Minero*. So wie dieses: an einem Wintertag rodeln meine Freunde auf dem Dritten von Olleros (so wurde der Hang am Ortseingang genannt), und ich sitze im Vordergrund auf einem Kilometerstein an der Landstraße und schaue ihnen zu.

Auf den ersten Blick ist das alles, an was ich mich erinnere; alles, was ich über dieses Bild schreiben könnte, das der Fotograf von uns aufgenommen hat, ohne daß wir es gemerkt hätten (nach dem Bildausschnitt zu urteilen, muß er es vom Fuß der Anhöhe aus gemacht haben). Doch während ich es betrachte, werden die Gestalten lebendig und bewegen sich, und die Landschaft wird nach und nach räumlich. Die Zeitmaschine ist eingeschaltet, das Licht der Erinnerung fällt auf den Film jenes Wintertages und wirft ihn auf die schummrige Leinwand des Rückblicks und der Träume.

»Komm, Julio, hab keine Angst!«

Die ferne Stimme aus der Vergangenheit, die mich beim Namen ruft, klingt in meinen Ohren, als würde ich sie in diesem Augenblick hören. Aber es ist die Stimme eines Toten. Eines Toten, der wieder spricht wie die toten Schauspieler, wenn der Film, auf dessen Tonspur ihre Stimmen aufgenommen sind, neu abgespult wird.

»Komm, Julio, hab keine Angst!«

Die Stimme hallt durch die Nacht, verliert sich im Flur, zerfällt in einem Echo und schmilzt dann allmählich, als wäre sie aus Schnee. Und das, so oft man will:

»Komm, Julio, hab keine Angst! ... Komm, Julio, hab keine Angst! ...«

Es ist die Stimme von José Antonio, dem Sohn des Sandfahrers, wie sein Vater wegen seines Berufes genannt wurde, dem er als einziger im Ort nachging: er holte Sand aus dem Fluß und verkaufte ihn an die Leute, transportierte ihn mit einem alten Lastwagen auf Baustellen und zu den Häusern, wo man ihn zum Scheuern der eisernen Küchenherde benutzte (nach all den Jahren habe ich immer noch den Geruch des Essigs in mir, mit dem meine Mutter den Sand anfeuchtete, damit er besser beizte, und das spröde Knirschen des Sandes auf dem Eisen, wenn sie nach dem Essen den Herd in unserer Küche scheuerte). José Antonio steht mitten auf der Landstraße am Fuß des Hangs, den er hinabgerodelt ist, und fordert mich von dort aus auf, seinem Beispiel zu folgen:

»Komm, Julio, hab keine Angst!«

Ich schaue ihm von meinem Kilometerstein aus zu, der außer uns selbst und einem Hund der einzige Gegenstand auf dem Foto ist, der aus dem Schnee herausragt. Ich sage nichts, aber ich bewege mich auch nicht. Nicht weil ich Angst habe. Weder vor ihm noch vor dem Fotografen, noch davor, den vereisten Hügel hinunterzusausen. Ich sitze einfach nur lieber auf dem Kilometerstein, während die anderen den Hang hinaufklettern und wieder hinunterrodeln, während der Tag langsam vergeht.

Später, bei Anbruch der Nacht, sind wir vielleicht alle nach Hause gegangen und haben den Fotografen und den Hund allein zurückgelassen. Aber sind wir wirklich alle gegangen? Sind wir alle bei Einbruch der Dunkelheit fortgegangen, oder blieb irgendwer, zusammen mit dem Fotografen und dem Hund, für immer auf dem Dritten von Olleros und auf der Fotografie zurück?

Die Antwort gibt vielleicht das Foto selbst, auf dessen Rückseite ich irgendwann einmal geschrieben habe: *Winter 1961. Rodeln mit Balboa, Ibarra, Miguel und José Antonio, dem Sohn des Sandfahrers.* Und darunter in Klammern und einer anderen Schrift: *Der sich mit dem Lastwagen seines Vaters zu Tode gefahren hat, als eines Tages auch die Landstraße am Dritten von Olleros vereist war.*

5. Man lebt nur einmal

Auf dem Cais do Sodré, in Lissabon, gibt es ein altes Café, in dem die Zeit nicht nur, wie in so vielen portugiesischen Tavernen und Geschäften, stehengeblieben ist, sondern rückwärts läuft. Das Café liegt im alten Hafen von Lissabon, dort wo sich früher ein Ladekai am Tejo entlangzog (der heute, nachdem der Fluß umgeleitet wurde, zum Platz des Herzogs von Terçeira geworden ist), und es heißt *British Bar*, in Erinnerung an die Engländer vielleicht, die jahrhundertelang den Seehandel beherrschten, dessen Zentrum sich in diesem Teil der Stadt befand. Jedesmal wenn ich in Lissabon bin, gehe ich hinein. Ich setze mich gern am späten Nachmittag an einen der Tische, trinke einen Kaffee und schaue dabei durch das Fenster auf das Gewimmel der Straßenbahnen und der Schwarzen, die, obwohl der alte Hafen lange aufgegeben worden ist und der neue weit entfernt liegt, weiterhin auf diesem Platz den Fisch verkaufen, den die Schiffe im Morgengrauen nach Lissabon bringen. Was mir an der *British Bar* jedoch am meisten gefällt, was mich an ihr fasziniert, ist eine alte Wanduhr über der Bar, an der die Zeiger und die Zeit wunderbarerweise rückwärts gehen.

Niemand hat mir den Grund dafür erklären können. Vielleicht war es schlicht eine Laune des Uhrmachers oder vielleicht ein weiterer Beweis für den englischen Widerspruchsgeist. Wie dem auch sei, Tatsache ist jedenfalls, daß Zeiger und Ziffern auf der Uhr in der *British Bar* linksherum laufen anstatt rechtsherum wie bei allen anderen Uhren. Wenn ich sie betrachte, vergehen die Stunden, und ich merke es kaum, wie ich manchmal auch nicht bemerke, daß die Kellner, zu dieser nachmittäglichen Zeit normalerweise unbeschäftigt, mich beobachten. Denn wenn ich die verrückte Lissaboner Uhr betrachte, rinnt mir die Zeit durch die Finger, und meine Erinnerung, dieses herrenlose Uhrwerk, führt mich jedesmal in weit entfernte Regionen.

Normalerweise, wie die Zeiger über dem Tresen, entgegen der üblichen Richtung. In der *British Bar* kam mir zum Beispiel ein altes Bild in den Sinn, das ich für immer verloren und aus meinen Kindheitserinnerungen gelöscht geglaubt hatte: das von meiner Mutter und mir in unserer Küche, zu Hause in Olleros, wo sie mich lehrte, die Stunden zu zählen, und ich lernte, sie auf der Uhr abzulesen, derweil mein Vater die Zeitung las oder einnickte, während er uns beiden zuhörte. Und eines Tages, als vor dem Fenster des Cafés mit unendlicher *saudade* der Regen fiel, auch das Bild der Uhr, die an einer Wand unseres Klassenzimmers hing, neben dem Franco-Porträt und einem Kästchen mit einem Mönch aus Pappmaché darin, dessen beweglicher Arm, von einem im Kästcheninnern verborgenen Barometer gelenkt, das Wetter anzeigen sollte, aber immer nur auf Regen deutete, weil das Barometer schon seit Jahren nicht mehr funktionierte, ebensowenig wie die Uhr.

Eine Erinnerung an jene Zeit gibt es jedoch, die mir die Uhr der *British Bar* jedesmal unweigerlich ins Gedächtnis ruft. Es ist die an jene Sonntagnacht – einer Sonntagnacht im Sommer, vielleicht des Jahres 1962 –, in der ich zum erstenmal in meinem Leben die Zeit in meinem Herzen verrinnen fühlte.

An jenem Abend war ich, wie an vielen anderen Sommerabenden, auf den Hügel hinter dem Kino geklettert, von dem aus man nicht nur die Landstraße und die Arbeiterbaracken und die umliegenden Häuser überblikken, sondern auch den Tanzboden einsehen konnte, zu dem Sonntag abends, bei schönem Wetter, vor allem im Sommer, die Pärchen von Olleros zum Tanzen gingen. Es war ein altmodischer Tanzboden, von einer Ziegelsteinmauer und einer Baumreihe umgeben und an einem Ende von einer bescheidenen Bühne gekrönt, von der herab Martiniano, der Besitzer des Ganzen und die Seele des nach ihm benannten Orchesters, den Ablauf der Geschäfte und des Tanzes mit den Klängen seines alten Saxophons dirigierte. Wir Kinder durften natürlich nicht hinein, selbst wenn wir die Eintrittskarten bezahlten, die Martinianos Frau am Eingang verkaufte. So blieb uns nichts anderes übrig, als auf den Hügel zu klettern und von dort aus neidvoll auf die tanzenden Pärchen zu blikken oder auf jene, die den Schatten der Bäume suchten, während wir für uns den noch fernen Tag herbeisehnten, an dem wir achtzehn würden und endlich selbst dabeisein könnten.

Aber wir auf dem Hügel hatten auch keine schlechte Zeit. Der Spaß bestand nicht nur darin, uns das Orchester anzuhören und auszukundschaften, welche Pärchen miteinander tanzten oder sich küßten, sondern zuweilen, wenn es Nacht wurde und die Lichterketten der Tanzfläche zu unseren Füßen eingeschaltet wurden, auch darin, Steine hinunterzuwerfen, die manchmal (ich weiß nicht, ob gezielt oder ungezielt) die Bühne trafen oder auch ein unter den Bäumen sich küssendes Pärchen; mit allem Tumult, den dies innerhalb und außerhalb des Tanzbodens nach sich zog. Normalerweise jedoch verliefen die Abende auf dem Hügel ausgesprochen beschaulich, und wenn es Nacht wurde, tanzten auch wir zu den Klängen der Musik, die von unten zu uns heraufdrang, weise geführt von Martinianos Stimme: *Man lebt nur einmal. / Leben und Lieben lernen ist nicht leicht. / Mußt wissen, daß das Leben sich entfernt und uns, Schimären weinend, hinter sich entläßt...*

In jener Nacht (ich weiß noch, es war Sommer, und der Mond schimmerte wie eine weiße Münze über den Bergen) war auch die jüngste Tochter des Wachmanns bei uns auf dem Hügel. Ihr Vater war ein mürrischer Einzelgänger, der mit einer Flinte über der Schulter nachts das Zechengelände bewachte und der aus einem mir damals unbekannten Grund (später hörte ich, daß seine andere Tochter im Alter von vierzehn Jahren mit einem Portugiesen davongelaufen war) nicht wollte, daß seine Tochter sich bei uns herumtrieb, und schon gar nicht, daß sie sonntags auf dem Hügel tanzte. An jenem Tag war sie jedenfalls auf dem Hügel, hatte vielleicht den Dienst ihres Vaters zu nutzen gewußt, und da erkannte ich blitzartig, daß dies meine Nacht sein konnte. Unten stimmte Martiniano mit heiserer Stimme eine langsame Melodie an, als ich sie zum Tanz aufforderte. Sie (ich erinnere mich nicht einmal mehr an ihren Namen, wohl aber daran, daß sie sehr hübsch war und ein blaues Kleid trug) lächelte mich vergnügt an, und nach kurzem Zögern nickte sie zustimmend und legte ihre Hände auf meine Schultern, wie es unten die richtigen Pärchen taten. Ich weiß nicht, wie lange jenes Lied gedauert hat; aber eines weiß ich: während wir tanzten, ihre Hände auf meinen Schultern, ihr Atem, der mich streifte und verwirrte, wenn wir uns drehten, wünschte ich zum estenmal in meinem Leben, die Zeit möge stillstehen, das Lied möge niemals enden, Martiniano möge tausendundeinmal und bis er nicht mehr zählen könnte dieses sonderbare Gebet sprechen: *Uhr, halt inne / mein Leben verlöscht / sie ist der Stern, der mein Dasein erhellt / ohne ihre Liebe bin ich nichts. / Halt die Zeit mit deinen Händen an / laß die Nacht nie vorübergehn / damit sie mich niemals verläßt / niemals ein neuer Tag anbricht . . .*

Doch es endete. Das Lied endete, wie alle Lieder einmal enden (jenes für mich sogar noch früher als erwartet), und noch ehe ich es mich versah, war sie bereits gegangen, und ich stand wieder allein oben auf dem Hügel, wie ein Schatten, der vergessen hat, sich in Bewegung zu setzen.

Jene Nacht war, wie gesagt, die erste in meinem Leben, in der ich das Vergehen der Zeit und die beklemmende Ohnmacht darüber empfand, sie nicht anhalten zu können. Seitdem habe ich dieses Gefühl oft gehabt (jedesmal, zum Beispiel, wenn ich ein Lied aus jenen Jahren höre, und immer, wenn ich eine Stadt verlassen muß), niemals jedoch so wie in jener Sommernacht, in der ich entdeckte, daß die Zeit dahineilte und um so schneller verging, je mehr man sie aufzuhalten suchte. Bestimmt fällt sie mir deshalb jedesmal ein, wenn ich nach Lissabon komme und mich an einen Tisch vor die alte Uhr der *British Bar* setze; und darum erinnere ich mich auch jetzt wieder an sie, während ich dieses Foto betrachte, das, wie die Uhr in Lissabon, ebenfalls rückwärts läuft: meine Schwester und ich an einem Sommertag des Jahres 1962 vor Martinianos Tanzboden, neben dem Plakat, auf dem der Sonntagstanz angekündigt wird und ein Pärchen gemalt ist, das, wie ich es in jener Nacht gewünscht hätte, seit damals tanzt und immer weiter tanzen wird, solange es diese Fotografie gibt, die die Uhr der Zeit unter seinen Füßen zum Stehen gebracht hat.

6. Brücke über dem Abgrund

Manchmal frage ich mich, ob meine Zeitbesessenheit nicht durch meinen rastlosen Charakter hervorgerufen worden ist, so wie auch meine Reiseleidenschaft in mir einen besonderen Blick für die Landschaft geboren hat.

Wenn man mit dem Auto über eine Landstraße fährt, sieht man keine Autos gleich dem eigenen entgegenkommen, sondern farbige Flecken, die ebenso schön und schnell wie vergänglich sind. Ebensowenig sieht man, wie etwa beim Wandern, unbewegliche Häuser und Bäume, sondern fliehende geometrische oder abstrakte Formen, die sich zu beiden Seiten mit derselben Geschwindigkeit aus dem Blickfeld verlieren, mit der man selbst vorbeifährt. Auf diese Weise verändert sich der Blick des Reisenden, und die Windschutzscheibe seines Autos wird zur Leinwand eines Wanderkinos, über die die Landschaft dahinzieht, als wäre sie der sich abspulende Film.

Dasselbe passiert mit Sicherheit auch, wenn man ohne innezuhalten durch das Leben reist. Die Bezugspunkte entfernen sich wie die Bäume zu beiden Seiten des Autos, das über die Straße jagt, und, ohne daß wir es merken, beschleunigt sich die Geschwindigkeit der Zeit und erhöht sich im gleichen Maß wie die Geschwindigkeit unseres Lebens. Doch eines Tages halten wir an wie der Reisende, der einhält, um vom Straßenrand aus die Landschaft zu betrachten, und dann werden wir uns der Strecke bewußt, die wir zurückgelegt haben, und der Dinge, die wir verpaßt haben, und uns überfällt mit einem Schlag dieses Schwindelgefühl, das wir, so lange wir uns selbst voranbewegten, nicht wahrgenommen haben: das Schwindelgefühl fliehender Landschaft und Zeit.

Vielleicht ist das der Grund, warum wir Reisende, wir durch die Welt streifenden Menschen (will sagen: die wir ziellos durchs Leben ziehen) eine Vorliebe dafür haben, von Brücken zu schauen und Fotografien zu betrachten. Die einen wie die anderen heben uns über die Leere – der Landschaft oder der Zeit, in jedem Fall Leere – hinweg, setzen uns zugleich jedoch in den Stand, das starke Schwindelgefühl zu ertragen, das uns bei ihrem Anblick überkommt, und ermöglichen uns, die Abgründe zwischen den Ufern zu überqueren, die beiden gemeinsam sind. Eben das widerfährt mir jetzt bei dieser Fotografie, die, in der Mitte durchgerissen und mit Klebstoff zusammengefügt (jenem erbärmlichen Klebstoff, der im Winter hart wurde und über dem Feuer erwärmt werden mußte, um wieder flüssig zu werden), mir die Erinnerung an eine Zeit und eine Brücke zurückgibt und, eben deshalb, weil dies ihre Eigenschaft ist, beide Abgründe miteinander verschmilzt: den der vielen Jahre, die mich von ihr trennen, und den der Brücke, auf der ich, mit einigen Freunden, in die Kamera blicke.

Es gibt Brücken, wie es auch Fotos gibt, die weniger dazu dienen, einen Fluß zu überbrücken, als den Menschen, der sich über sie beugt, zu ihrer Betrachtung zu ermuntern. Andere wiederum, wie die Eisenbahnbrükken oder die riesigen Viadukte, die sich über Flüsse und Autobahnen spannen, scheinen nur zu dem Zweck ersonnen zu sein, dem Menschen Schwindel zu verursachen oder ihn in den Selbstmord zu treiben. Mir persönlich sind die ersteren lieber; die einsamen alten Steinbrücken, wie die der Kanäle von Amsterdam oder der Pilgerwege, die es dem Reisenden erlauben, sich über ihre Mauerbrüstungen zu beugen und sich behaglich in der Tiefe des Wassers zu verlieren und, durch dessen Spiegelung, in der Tiefe der eigenen Gedanken. Für jemanden wie mich, der unsteten und trägen Geistes ist und die Einsamkeit mehr liebt als die Gesellschaft, gibt es nichts angenehmeres als von einer Brücke hinunterzuschauen und die Stunden beim Betrachten der Strömung vorbeifließen zu lassen. Bei der Betrachtung des Wassers, das unter den Schatten dahinfließt, oder des Anglers, der am Ufer auf- und abgeht und seine Angel auswirft, verspürt man eine Ergriffenheit, die, anders als sonst üblich, um so intensiver und dauerhafter ist, je weniger Bewußtseinstätigkeit sie erfordert.

Die Brücke von La Salera, obwohl aus Stein und recht bescheiden, war keine Brücke dieser Art. Sie befand sich am Ortsrand von Olleros und ermöglichte es der Eisenbahn, den Bachlauf zu überqueren, der aus dem Buchenwald herabfloß, und überspannte eine Schlucht, die von der Strömung und von den Erdmassen, die bei den ständigen Stolleneinbrüchen freigesetzt wurden, aus dem nackten Fels gewaschen worden war. Von ihr wurden, wie man erzählte, während des Krieges die Bergarbeiter hinuntergestürzt (von denen einige, so hieß es, schon tot waren, bevor sie unten aufschlugen), und von ihr stürzte sich eines Nachts jene betrunkene Alte, die als einzige im ganzen Dorf noch immer in einem Stall hauste, die den ganzen Tag herumschrie und mit sich selber sprach oder wie ein herrenloser Hund durch das Dorf streunte. Doch als dieses Foto gemacht wurde, wußte ich noch nichts von Verrücktheit – und vom Krieg hatte ich nur eine sehr diffuse Vorstellung –, und die Brücke von La Salera war einer meiner Lieblingsplätze. Nachmittags ging ich oft hin, um den Zug vorbeifahren zu sehen oder vor ihm herzulaufen und dabei mein Leben zu riskieren (ohne Geländer, auf das man hätte klettern können, und seitlich der Abgrund, gab es bis zum Ende der Brücke keinen Ausweg), um dort die Zigaretten zu rauchen, die ich meinem Vater stahl oder mir aus dem Tabak seiner Kippen selbst fabrizierte. Zu ihr gingen wir auch noch Jahre später, als wir, die wir auf dem Foto zu sehen sind, schon älter waren und dort heimlich und versteckt *pin-ups* betrachteten, Postkarten von Frauen, Filmschauspielerinnen normalerweise (ich erinnere mich noch an die von Ann Margret, von Esther Williams, von Kim Novak, von Ava Gardner und vor allem an meine Lieblingspostkarte von einer noch blutjungen Marilyn Monroe, deren Haar so blond wie Weizen war und die einen Badeanzug trug, so rot wie ihre Lippen), die uns Celino mitbrachte. Celino war ein Bettler, der häufig durch Olleros kam, an den Türen bettelte und in Hauseingängen schlief, und der, wie es hieß, bettelte, weil es ihm Spaß machte (er kam aus einem der Nachbardörfer und stammte anscheinend aus gutem Hause). Und wir trafen uns dort, um im Schutz des Brückenbogens und unter der mürben Erregung jener Fotos gemeinsam zu masturbieren.

Diese selbe Erregung, obgleich anderen Ursprungs, empfinde ich jetzt vor dieser anderen *Postkarte*, die das Schicksal mir in die Hand gibt, um mich an jene Tage zu erinnern. Auf ihr sind keine halbnackten Filmstars mit nixenhaften Augen zu sehen, sondern fünf Jungen, die mich von einer hohen Brücke aus anblicken, die möglicherweise gar nicht mehr existiert, obwohl sie auf dem Foto noch fest im Abgrund verankert ist. Über dem Abgrund bleiben, bewegungslos für immer, die Jungen, der Himmel und der Zug, der unter dicken Qualmwolken zur Zeche fährt. Der Abgrund zieht die Blicke aller auf sich – derer, die ihn von außen betrachten (der Fotograf und ich), und jener, die von der Brücke hinabschauen –; doch der Abgrund, den sie sehen und den ich jetzt sehe, ist nicht derselbe. Der, den sie sehen, ist der, den die Brücke überspannt und der durch die Brücke erst seine Bedeutung erhält. Der, den ich jetzt sehe, tut sich zwischen ihnen und mir auf und ist so tief und dunkel, daß nicht einmal der Blick des Fotografen, der ihn, ohne es zu wissen, an jenem Tag aufzureißen begann, mir hilft, ihn zu überqueren, ohne daß das Schwindelgefühl der Zeit mich mit Sehnsucht und Wehmut erfüllt.

7. Die Kälte

Es gibt Erinnerungen und Fotografien, die, wenn wir sie in der Dunkelkammer unseres Gedächtnisses entwickeln – dieser geheimen magischen Kammer, die wir alle im Hinterstübchen unseres Lebens eingerichtet haben –, zum Teil unscharf und verwackelt sind. Es sind die Erinnerungen, die dem Vergessen vorausgehen. Wir sehen ihr Bild, wir wollen die Zeit wiederherstellen, zu der sie gehören, oder ihren konkreten Ort, oder das, was sie ihrerzeit für uns bedeuteten, doch aus irgendeinem Grund, so sehr wir es auch versuchen, will es uns nicht gelingen. Darum wecken sie eine große Wehmut in uns.

Zwischen den Erinnerungen bleiben – genau wie zwischen den Fotografien – stets Schattenbereiche, in denen sich Stücke unseres eigenen Lebens verbergen; Stücke des Lebens, die manchmal ebenso wichtig oder bedeutend sind wie jene, an die wir uns erinnern oder die wir gerade durchleben. Es sind diese schwarzen Schnitte, die auf der Filmrolle die vom Projektor zerrissenen oder verglühten Bilder ersetzen und die es immer komplizierter machen, dem Film zu folgen. Wenn sie überhandnehmen, wird die Handlung schließlich unverständlich.

Ich erinnere mich noch an einige Filme in jenem Kino von Olleros, die so alt und so zusammengeschnitten waren, daß man unmöglich herausfinden konnte, wovon sie handelten oder wie sie hießen. Sie wurden in einem Konvolut zusammen mit den neuesten geschickt oder den Dorfkinos billiger verkauft, damit diese sie zeigten, solange es ging, oder in die neuen Filme einschnitten, wenn diese nach langem Gebrauch rissen. Die meisten stammten aus der Stummfilmzeit. Einige von ihnen habe ich mehrere Male gesehen, wenn durch besondere Umstände (im Winter normalerweise der Schnee oder eine unvorhergesehene Verzögerung bei der Auslieferung) der angekündigte Film nicht kam und durch einen anderen ersetzt werden mußte und ich überhaupt nichts mehr verstand und oft genug nicht einmal sicher war, ob nicht mehr Meter fehlten als auf der Spule waren. Doch damals störte mich das nicht. Mich störte nicht einmal, wie es öfter als einmal passierte, daß Señor Mundo sich vertat (was angesichts des Zustandes der Filme durchaus verständlich war) und uns die Rollen in verkehrter Reihenfolge vorführte. Da ich daran gewöhnt war, mir die Filme der Erwachsenen anhand der Fotos in den Schaukästen zusammenzureimen, genoß ich es sogar, die Filme, die ich sehen durfte, nicht zu verstehen, da ich mir so jedesmal einen anderen vorstellen konnte, auch wenn der gezeigte Film immer derselbe war. Heute ist das nicht mehr so. Heute ist es mein eigener Film, den ich sehe, belichtet von meiner Erinnerung und bewegt durch die Stimmen, mit denen diese Fotografien unterlegt sind, und die schwarzen Schnitte, die ich zwischen ihnen entdecke, bringen mich ebenso aus der Fassung, wie die Schwierigkeit, die es mir bereitet, Bewegung in manche der verbliebenen zu bringen. So erging es mir mit dem Foto von der Brücke, das plötzlich selbst zum Abgrund wurde, und so ergeht es mir jetzt mit diesem anderen, auf dem ich allein zu sehen bin, wie ich auf der Landstraße dahingehe, das Gesicht von einer wollenen Kapuze umschlossen und die Hände in den Manteltaschen vergraben.

Ich betrachte es und erinnere mich an nichts, an absolut nichts außer der Kälte. Jene grausame Kälte, schneidend und furchtbar, manchmal weiß vom Schnee, manchmal schwarz vom Kohlenstaub, die Olleros mit Einbruch des Winters heimsuchte und die noch wie ein ferner Hauch aus diesem Foto atmet. Es wurde mit Sicherheit an einem Sonntag aufgenommen. Ich erkenne es an meinen Schuhen, die trotz des Schneematsches an den Straßenrändern noch sehr sauber sind, und an diesem blauen Mantel – auf dem Foto ist er schwarz –, den mir die Modistin von Cistierna gemacht hat, eine bucklige oder gelähmte oder verkrüppelte Frau (ich erinnere mich nicht mehr genau, aber ich weiß, irgend etwas war mit ihr), und den ich möglicherweise an diesem Tag zum ersten Mal trug. Oder, falls nicht, warum dann dieses Foto, das mich an nichts erinnert, nicht einmal an den Grund, aus dem es aufgenommen wurde?

Vielleicht hat es nie einen gegeben. Es gibt Fotos, und auch Erinnerungen, die zufällig entstehen, ohne besonderen Grund, und die uns gerade deshalb ein Leben lang begleiten. Sie sind wie diese herrenlosen Hunde, die uns überallhin folgen, weil wir ihnen einmal zu fressen gegeben haben, und die wir nicht mehr loswerden, weil wir weder wissen, wie sie heißen noch wohin sie gehören. Der Name dieser Fotografie ist die Kälte; aber ihren Ursprung kenne ich ebensowenig, wie ich weiß, woher das Licht kommt, das auf den Schnee fällt und ihn beleuchtet. Es ist ein unwirkliches, planetarisches, fast reines Licht, wie man es auf alten Postkarten oder auf den Bildern von Edward Hopper sieht; ein Licht, das sich über das ganze Foto ausbreitet und es mit Anmut erfüllt. Es ist das blaue Licht der Kälte, jenes Milchstraßenlicht, das sich bei Einbruch des Winters über Olleros legte und das den Schnee wie eine zweite Schicht überlagerte, wenn es nachts fror oder wenn hinter den Bergen der Mond aufging. Es macht mich immer noch frieren. Im Gegensatz zu dem vorherigen, das von einem Sommer voller Sonne und Sehnsucht erzählte, oder zu dem von meiner Familie in der Küche (auf dem ich immer noch die rote Glut im Küchenherd spüren kann) bringt mir dieses die Erinnerung an die Wintertage als Elf- oder Zwölfjähriger zurück, wenn ich, um nach Sabero zu kommen, wo ich schon das Gymnasium besuchte, frühmorgens aufstand und auf der Landstraße die drei Kilometer ging, die es von Olleros aus waren, oft bis zum Gürtel im Schnee. Ich sehe mich noch wie in einem Albtraum: seitlich gegen den Wind anstapfend, oft den Spuren der Bergleute oder meiner Kameraden folgend, die früher losgegangen waren, kam mir der Weg endlos vor, und trotz Wollkapuze und Handschuhen bekam ich Frostbeulen an den Ohren, und meine Hände schwollen vor Kälte. Darum legte ich den Weg manchmal im Laufschritt zurück, ohne mich um den kalten Wind zu kümmern oder um die Schneeflocken, die mir ins Gesicht schlugen und wie Messer unter meine Kleidung drangen; oder, wenn es stark schneite, stand ich noch früher auf – vor dem Morgengrauen – und wartete auf den Bus, mit dem die Männer fuhren, die im Zechenbüro arbeiteten. So brauchte ich zwar nicht zu laufen, doch dafür mußte ich hinterher über eine Stunde warten und mir die Beine in der Halle der ehemaligen Schmelze vertreten, eine jetzt hallend leere Kathedrale, oder in der Backstube, die man in einem der früheren Schmelzöfen eingerichtet hatte. Wenn das Gymnasium seine Tore öffnete und vor allem, wenn ich hinterher nach Hause kam (im Dezember und Januar war es dann schon wieder Nacht), war ich so bis auf die Knochen durchgefroren, daß nicht einmal der Küchenherd mich aufzuwärmen vermochte, so sehr auch die Herdplatte zu dieser Stunde immer vor Hitze glühte.

An einem solchen Tag, erinnere ich mich, starb Celino. Der Pfarrer von Olleros fand ihn vor dem Kirchenportal, das einer seiner bevorzugten Aufenthalte war, in mehrere Decken eingewickelt und vollkommen steif. Er war offenbar erfroren. Celino kam einen Tag ins Krankenhaus (in das kleine Hospital, das zur Zeche gehörte), wo man die Autopsie vornahm und wo ich ihn zum letzten Mal durch ein Fenster sah, das auf die Landstraße ging, und dann begrub man ihn; sicher waren die Postkarten der Filmstars, die Celino so liebte, noch in den Taschen seines Mantels verborgen. Celino war ein harter Bursche. Er hatte den Veitstanz; eine Krankheit, die ihn dazu verdammte, unablässig seinen Körper zu bewegen und mit dem Kopf zu rucken, doch kein Winter konnte ihn schrecken, und er hatte keine Angst vor der Straße. Es war dieser Mut, den ich an ihm bewunderte, so sehr es mich auch ängstigte, ihm allein zu begegnen, vor allem nachts, und den ich mir in Erinnerung rief, um mich für meinen Weg nach Sabero anzuspornen. Auch auf diesem Foto versuche ich ihn zu imitieren: den Mantel hochgeschlagen, den Blick geradeaus gerichtet, die Wollkapuze über den Kopf gezogen, und diese Art zu gehen und in die Kamera zu blicken, als könnten mir, trotz meines knappen Alters, weder Ewigkeit noch Kälte den geringsten Schrecken einjagen. Doch vergebens. Mag das Foto auch noch so sehr lügen und ich einen Mut vortäuschen, den ich nie besessen habe, es bleibt so sehr geprägt von der Kälte jener Jahre, wie das Foto des Tanzbodens von der Musik oder das des Kinos von dem Geräusch des Regens. Unwichtig ob der Film schon gerissen ist oder das Schwarz der Schnitte ihn dem endlichen Vergessen zutreibt. Eine Fotografie reicht aus, ein verlorenes Einzelbild, damit das Gedächtnis zu arbeiten beginnt und mein Herz – diese leere Leinwand – mit eingefrorenen Bildern füllt und mit Erinnerungen, die wie herrenlose Hunde sind.

8. Fremde in der Nacht

»Hier Radio Intercontinental, Madrid,
es ist einundzwanzig Uhr.«

Das Signal wiederholt sich unverändert zu jeder vollen Stunde, und ebenso unveränderlich unterbricht mein Vater dann seine Zeitungslektüre oder was er sonst im Moment gerade tut, um einen Blick auf die Uhr zu werfen, die direkt neben dem Radio hängt; eine Uhr mit Gewichten und einem silbernen Ziffernblatt mit römischen Ziffern, die sein Vater nach dem Krieg, wie es scheint, aus Afrika mitgebracht hat. Danach blickt er zu meiner Mutter, die in der Küche umherläuft und das Abendessen bereitet oder den Abwasch macht, späht einen Moment durch das Fenster in die dunkle Nacht hinaus (vor allem, wenn es draußen kalt ist oder einer von uns noch nicht nach Hause gekommen ist), und dann flüchtet er wieder hinter seine Zeitung oder sitzt nur da und hört sich schweigend die Radionachrichten an. So geht es Stunde um Stunde, bis das Radio selbst ihm sagt, wann es Zeit zum Schlafengehen ist:

»Null Uhr. Hier ist Radio National mit den Nachrichten.«

Das Stimmengemurmel des Radios begleitet also wie eine Tonspur die Erinnerung an die Abende meiner Kindheit. Eine Tonspur voller Störungen und ferner Geräusche (*Hier Radio Intercontinental, Madrid... Ici Radio France, Paris... Hier Radio León, ältester Sender in... Hier Radio Andorra, Sender des Fürstentums Andorra...*), die immer noch in meiner Erinnerung widerhallen, als wären sie selbst jetzt noch zu hören.

Ich lauschte dem Radio beim Abendessen oder während ich einschlief, stellte mir im Bett vor, wie die Länder und Städte wohl wären, aus denen jene Stimmen kamen, die uns Nacht für Nacht begleiteten. Ich hielt diese Stimmen nicht für real, oder zumindest nicht für so wie meine, weil sie immer dasselbe sagten und jedesmal fast gleich klangen, aber das war damals nicht so wichtig für mich. Wichtig wäre für mich gewesen zu wissen, wie Madrid ist oder Paris oder der Vatikan, dessen Sender mein Vater an manchen Abenden einstellte, um den Papst zu hören, und vor allem jenes seltsame Land, das *Fürstentum Andorra* hieß und das für mich ebenso unwirklich war wie die Stimme seiner Sprecherin, denn es klang nicht nur nach einem Märchenland, sondern war auch auf der Landkarte nicht zu finden. Unter solchen Gedanken vergingen die Nächte, jede gleich, eine wie die andere, alle so eintönig wie die Stimmen aus dem Radio.

Eines Abends jedoch wurde eine Nachricht gebracht, die den gewohnten Ablauf des Radioprogramms und unsere Familienroutine durcheinanderwarf. Ich weiß noch, daß wir beim Abendessen saßen. Plötzlich wurde die Musik unterbrochen, und nach dem Signal für besondere Meldungen verkündete eine ernste Stimme mit knappen Worten, daß der Präsident der Vereinigten Staaten ermordet worden war. Mein Vater verstummte, meine Mutter kam, sich die Hände an einem Trockentuch abwischend, aus der Küche, und wir anderen, ohne recht zu wissen warum, sprachen kein Wort. Im Radio wurde wieder Musik gespielt, und mein Vater, nachdem er meine Mutter kurz angeschaut hatte, erhob sich und suchte einen Sender, der über das Ereignis berichtete. Er fand ihn sogleich. Es war ein ausländischer Sender. Unter durchgängigen Störgeräuschen erfuhren wir, daß erst vor wenigen Minuten jemand in Dallas auf Präsident Kennedy geschossen hatte, während dieser in einem offenen Wagen durch die Straßen der Stadt fuhr, und er tödlich getroffen worden war. Danach wurde noch darüber berichtet, daß seine Frau dem Attentat unverletzt entkommen war und welche Verwirrung in jenem Augenblick herrschte, und nachdem weitere Meldungen angekündigt worden waren, verstummte die Stimme und eine sentimentale Ballade erklang:

»Strangers in the night...!«

An mehr erinnere ich mich nicht. Nur daß mein Vater weiter nach Sendern suchte, und wir, sobald das Abendessen beendet war, zu Bett geschickt wurden. Ich hatte keine Ahnung, was geschehen war. So wie die Stimme des Radiosprechers geklungen hatte, und auch wegen des Ernstes und der Angst meiner Eltern, wußte ich, daß es etwas Schlimmes sein mußte, aber ich verstand nicht, was der Präsident der Vereinigten Staaten mit ihnen zu tun hatte oder warum es sie so mitnahm (fast ebensosehr wie der Tod meines einige Monate zuvor gestorbenen Großvaters), was in einem Land passierte, von dem ich ebenfalls annahm, daß es, wie das Fürstentum Andorra, nicht einmal auf der Landkarte verzeichnet war. In jener Nacht schlief ich deshalb erst spät ein, versuchte zu begreifen, was geschehen war – und zwischenzeitlich zu hören, was im Radio gesagt wurde –, und als ich endlich einschlief, träumte ich von dem Attentat, das in meinem Traum aber nicht in Dallas, das ich noch nie gesehen hatte, nicht einmal im Kino (und was ich nicht im Kino gesehen hatte, konnte ich mir nicht vorstellen), sondern in den Straßen von Olleros stattfand, und daß ich es war, der, vom Fenster des Zimmers aus, in dem ich dies träumte, auf Präsident Kennedy schoß.

Am nächsten Tag in der Schule stellte ich überrascht fest, daß kein Mensch irgend etwas wußte: weder wer Kennedy war, noch, in welchem Land er regierte, noch was passiert war. Und vor allem, das war das Erstaunlichste, daß es niemanden interessierte. Also verkniff ich mir wieder einmal alle Fragen und machte mir meine eigenen Gedanken darüber, was das wohl für ein Mann gewesen war, dessen Tod den Verlauf des Radioprogramms und unsere Familienroutine gesprengt hatte, seltsamerweise aber sonst niemanden interessierte.

Ich weiß nicht mehr, wie ich ihn mir vorgestellt habe. Wenn ich ihm ein Gesicht gegeben habe (mit Sicherheit das eines Schauspielers, den ich in den Tagen zuvor in einem Film gesehen hatte, oder das eines von mir damals bewunderten Fußballers), so ist es unter den zahllosen Fotos verschwunden, die ich im Lauf der Jahre von Präsident Kennedy gesehen habe. Mit den Jahren erfuhr ich auch mehr von seinem Leben und von den Umständen, unter denen er ermordet worden war, vor allem aber erkannte ich den Grund, aus dem sein Tod meine Eltern mit Angst erfüllt hatte. Ich weiß nur noch, daß ich nie darüber gesprochen habe (bestimmt weil ich glaubte, es sei ein verbotener Name, genau wie die Namen jener Männer aus den Bergen, von denen mein Vater uns manchmal erzählte und uns davor warnte, mit irgend jemandem darüber zu sprechen) und daß sein Name sich meinem Gedächtnis eingeprägt hat, stets in Verbindung mit dem Radio, denn ihm verdanke ich die Erkenntnis, daß jene Stimmen, die ich bis zu jenem Tag für unwirklich gehalten hatte, weil sie immer dasselbe sagten und jedesmal fast gleich klangen, Stimmen von Menschen waren, die wirklich existierten, auch wenn ich sie nicht sehen konnte, genau wie die Länder, von denen sie berichteten, obwohl einige, wie Andorra, nicht einmal auf der Landkarte standen. Mit anderen Worten: während ich von Zechen und Bergen umgeben in Olleros wohnte, gab es an vielen anderen Orten der Welt Menschen, die lebten, arbeiteten und starben wie wir.

Diese Entdeckung, zweifellos die wichtigste in jenen Jahren, zusammen mit der der Liebe und der vergehenden Zeit, die ich, eines Nachts auf dem Hügel über Martinianos Tanzboden, gleichzeitig machte, hat meine ganze Kindheit geprägt. Mit einemmal begannen die Landkarten der Schule, die ich bis dahin für einfache Abbildungen, wie auf Heftumschlägen oder Kalendern, gehalten hatte, lebendig zu werden, und die Welt, die für mich kaum mehr gewesen war, als der Umkreis dessen, was ich von unserem Haus aus sehen konnte: die Dächer des Dorfes, die Zeche, die Abraumhalden, die Schwebebahn der Loren und die Kammlinien der Berge, wurde zu einer Sphäre voller Stimmen und Städte. Das Radio ertönte weiterhin mit seinem gewohnten Stimmfall und den sich wiederholenden Nachrichten – ging auch immer mal wieder kaputt, genau wie die Schreibmaschine, sehr zum Ärger meines Vaters, der dann Valentín herbeiholen mußte, einen Bergmann, der etwas von Mechanik verstand, oder sie nach León bringen, um sie dort reparieren zu lassen –, doch in meinen Ohren klang es jetzt anders. Ich wußte, daß eine unermeßliche Welt dahinterstand, und vor allem, ganz besonders, daß sie voller

Menschen war, die von unserer Existenz nichts wußten, so wie ich in all den vergangenen Jahren absolut nichts von der ihren gewußt hatte.

Eines Tages – ich weiß nicht mehr wann – kam das Fernsehen, und das Radio trat in den Hintergrund. Es stand zwar noch am selben Platz auf dem Wandbrett, zwischen dem Foto des Papstes und dem Kalender, aber man hörte es nur noch beim Essen und in diesen toten Nachmittagsstunden, wenn meine Mutter bügelte und sich der Geruch von Feuchtigkeit und frisch gebügelter Wäsche im Haus ausbreitete, der die Eigenschaft besaß, mich immer traurig zu stimmen. Abends war es der Fernseher, den man im Haus und auch in allen anderen Häusern hörte, wenn man an den geöffneten Fenstern vorbeiging. Dennoch höre ich, wenn ich an jene Zeit zurückdenke, so wie jetzt vor diesem Foto meiner Eltern, nicht den Fernseher, der auf dem Bild auch nicht zu sehen ist, sondern das Radio. Jenes alte Radio, das mein Großvater wohl aus Afrika mitgebracht hat, als er aus dem Krieg zurückkam, und das man auf diesem Foto sieht, auf dem meine Eltern immer noch dasitzen und in die Ewigkeit blicken, als wäre für sie die Zeit in diesem Augenblick für immer stehengeblieben. Wenn ich es genau ansehe, so wie meine Eltern mich, kann ich es sogar wieder hören.

9. Die amerikanische Nacht

Als ich zum erstenmal in die Vereinigten Staaten kam (ich war schon dreißig), sagte ich keinem, daß ich schon öfter dagewesen war, und das schon vor vielen Jahren. Ich schaute mir nur die verschiedenen Örtlichkeiten an, die man mir zeigte, und erkannte in jeder Stadt jede Ecke und jede Straße wieder – und in jedem Staat, durch den wir fuhren, jeden Winkel der Landschaft –; aber, wie gesagt, ich verriet niemandem, daß ich schon öfter dagewesen war, und das bereits vor vielen Jahren. Hätte ich es getan, wäre ich bestimmt für verrückt erklärt oder für einen Schwindler gehalten worden.

In Wirklichkeit war nichts Außergewöhnliches daran. Genausowenig wie an der für sie rätselhaften Tatsache, daß ich manchmal die Namen von Bergen und Flüssen wußte, die meinen Begleitern, die im Land geboren waren oder seit Jahren dort lebten, unbekannt waren. Solange ich zurückdenken kann und ohne Olleros je verlassen zu haben – Spanien natürlich schon gar nicht –, hatte ich dieses Land Weg für Weg und Schritt für Schritt erkundet.

Damit angefangen hatte ich im *Minero*, in jenen klapprigen Sesseln, die an so manchem Abend, im bleichen Licht der Leinwand, zum schaukelnden Bock eines Planwagens oder einer Postkutsche wurden, die, von tausend Gefahren belauert, über die staubigen Wege des amerikanischen Westens fuhren. Und weitergemacht hatte ich damit, in jenen alten von tausend Händen verknitterten und abgegriffenen Romanen blätternd, die ich am Kiosk von *Chamusca* kaufte und, nachdem ich sie gelesen hatte, gegen noch abgegriffenere eintauschte. Romane, die ich an den langen, toten und gelben Sommernachmittagen verschlang, oder im Schein der Taschenlampe, im Winter, wenn ich ins Bett kroch.

Der Vorgang war in beiden Fällen der gleiche. Wenn in der Dunkelheit des Kinos das Licht des Projektors anging oder in meinem Zimmer sich die Taschenlampe ihren Weg durch die Bettlaken bahnte, flammte vor meinen Augen ein anderes Licht auf und beförderte mich weit fort von dem Ort, an dem ich mich befand. Von diesem Augenblick an, bis ich wieder erwachte, ritt ich mit dem Hauptdarsteller, schlief an seiner Seite unter freiem Himmel oder stieg in die Kutsche, mit der er fuhr, bestand mit ihm alle Abenteuer und trat gemeinsam mit ihm den zahllosen Gefahren gegenüber, die auf ihn lauerten. Und wenn plötzlich das Licht im Kino anging, weil der Film zu Ende war, oder das der Taschenlampe matter wurde, wenn die Müdigkeit mich übermannte oder der Roman oder die Batterie zu Ende ging, dann ritt oder fuhr ich manchmal sogar allein weiter und merkte gar nicht, daß die Film- oder Romanhelden mich verlassen hatten. Auf diese Weise habe ich, Film für Film und Roman auf Roman, die Vereinigten Staaten kennengelernt und mindestens eine Nacht in jeder ihrer Städte geschlafen. Womit erklärt ist, warum ich mich, als die Gelegenheit, sie zu besuchen, sich endlich bot, mit geschlossenen Augen in ihnen zurechtfand.

Ich erinnere mich, zum Beispiel daran, wie ich nach Chicago kam. Es wurde Abend, als das Flugzeug die Stadt überflog und seinen Schatten auf die Autobahnen warf, als wäre es ein großer Vogel, doch schon zu diesem Zeitpunkt wurde mir klar, daß sie genauso war, wie ich sie geträumt hatte. Da lag, zu meiner Rechten, der Michigan-See in unergründlichem Dunst, wie in den alten Filmen von Hathaway oder John Ford. Dort lagen die sanften Felder von Illinois, von Straßen durchzogen und mit Farmhäusern gesprenkelt, genau wie in den Romanen und den Krimis. Und dort, am See, an dessen Ufern sich die eindrucksvollen Schatten ihrer Wolkenkratzer spiegelten, lag die Stadt Al Capones und des Windes, glänzend wie ein Chromteil unter dem schweren Bauch des Flugzeugs. Am nächsten Morgen brauchte ich nur auf den Sears-Tower zu steigen und mir das Loop anzuschauen (das war der Distrikt, in dem Al Capone geherrscht hatte, als die Prohibition die Stadt erschütterte), um an Ort und Stelle bestätigt zu finden, was ich am Abend zuvor, als ich die Stadt vom Flugzeug aus sah, schon geahnt hatte: daß Chicago genauso war wie ich es erträumt hatte, oder sogar noch unwirklicher. Und ganz genauso erging es mir mit New York: als ich in die Stadt kam, wußte ich bereits, daß ich dort nichts finden würde, was mich wirklich überraschen konnte. Vor allem, als der Taxifahrer, der mich vom Flughafen nach Manhattan fuhr – ein schwarzer Puertorikaner, der einen indianischen Hut trug und ein sonderbares Englisch sprach –, vor einem Gebäude hielt, dessen Leuchtschrift ich so oft in Olleros gesehen und sogar auf dem Señor Mundo abgeschwatzten Filmfoto farbig angemalt hatte, welches lange Zeit in meinem Zimmer hing: *Hotel Barbizon*.

Ich weiß noch, daß ich in jener Nacht, nachdem ich in der *Tin Pan* – dem Lokal, in dem Miller seine Nächte zu beschließen pflegte – zu Abend gegessen und ein Glas getrunken hatte, ins Hotel zurückkam und lange Zeit nicht schlafen konnte. Ich lag auf dem Bett, draußen die glitzernde Stadt und vor dem Fenster das blinkende Licht der Neonschrift des Hotels, das durch die Jalousien drang und auf meine Zimmerwand fiel, und die Erinnerung anderer, weit zurückliegender Nächte trat in diesem unwirklichen Licht vor meine Augen, wie es Landschaften nur im Kino und auf Fotografien haben, die man längst vergessen hat und nach vielen Jahren wiederfindet.

Der Eindruck von Unwirklichkeit wurde durch das sonderbare Licht hervorgerufen, das durch mein Fenster fiel: ein graues Licht wie vom Vollmond oder von der Tricklinse einer *amerikanischen Nacht* (dieser künstlichen Nacht, die das Kino erfunden hat, damit die Kamera bei Tage träumen kann), das mich weit fort von dem Ort beförderte, an dem ich mich befand. Es war wie früher, wenn ich vor dem Kino die Bilder betrachtete: Ich sah sie nicht, ich erfand sie mir; was eine Form des Erinnerns dessen ist, das man nie erlebt und nie geträumt hat. Auf dieselbe Weise, nur umgekehrt, sah ich in jener Nacht im Hotel in New York nicht das, was ich betrachtete, hörte ich nicht das, was ich vernahm, sondern das, was ich erinnerte. Ich lag noch immer auf dem Bett, doch um mich herum hatte sich alles verändert: Die Zimmertür war aufgegangen, und dahinter sah ich nicht den Hotelflur, sondern das gedämpfte Licht in der Küche meiner Eltern; das Bettgestell war nicht mehr aus Holz, sondern aus Eisen und viel höher; das Telefon war verschwunden; der Spiegel war nicht mehr da, und der Fernseher, den ich, wie immer, wenn ich in einem Hotel schlafe, angelassen hatte, damit er die Einsamkeit und die Gespenster vertreibt, zeigte nicht mehr den Film, den ich bis dahin angeschaut hatte, sondern den, den ich nun träumte. Ein Schwarzweißfilm, jedoch mit dem Blauton jener seltsamen amerikanischen Nacht. Ein Stummfilm, der in Abständen vor- und zurückgespielt wurde wie ein Videoband, und der sich selbst zurückspulte, jedesmal schneller, wenn er zu Ende war: ein Film von einem Kind, das jeden Abend beim Einschlafen auf dieselbe Leuchtschrift schaute, die jetzt vor meinem Fenster blinkte.

Ich weiß weder, wann ich eingeschlafen bin, noch wie lange ich so, mit eingeschaltetem Fernseher und angezogen, auf dem Bett gelegen habe. Ich weiß nur noch, daß ich ein Radio und ferne Stimmen hörte, und als ich aufwachte, begriff ich erst nach einer Weile, daß ich nicht die Schritte meiner Eltern oder der Bergleute vernahm, die auf dem Rückweg von der Zeche an unserem Haus vorbeikamen, sondern die der ersten Hotelgäste, die bereits auf den Beinen waren. Eine Konfusion der Sinne, die mich in manchen Nächten überfällt und die ich jetzt wieder beim Anschauen dieser alten Fotografie empfinde, auf der ich zusammen mit meinen Eltern und Geschwistern zu sehen bin – vielleicht zum einzigen Mal –, an einem Weihnachtstag in unserer Küche, im Hintergrund das Radio und ein neuer Wandkalender, auf dem man noch das Datum des Tages sehen kann, an dem das Foto aufgenommen wurde: 1. Januar 1963. Die Stimmen, die ich hörte, waren nicht unsere, sondern die, die ich immer noch höre und die gedämpft von der Straße heraufdringen. Das Radio, das ich hörte, war auch nicht das von dem Foto, sondern das eines Zimmernachbarn oder einer Bar in der Nähe. Und die Wärme, von der ich glaubte, sie käme von dem alten eisernen Herd, an dem ich sitze, ist nichts weiter als die Wärme meiner Schreibtischlampe, die mir leuchtet, während ich schreibe, und das schon seit einer ganzen Weile. Nur das Licht, dieses graue, geheimnisvolle und dennoch so sanfte Licht (wie vom Vollmond oder von der Tricklinse einer *amerikanischen Nacht*), das mich blendet, mich blind macht, kommt von nirgendwo. Es ist in der Fotografie, in der es eingeprägt ist, wie die Nacht von New York in die Netzhaut des Jungen, der jede Nacht mit einem Blick auf das Filmfoto einschlief, das genau vor seinem Bett hing. Es ist in meinem Gedächtnis, und es ist das Licht der Erinnerungen und der Fotografien, die man längst vergessen hatte und die man nach vielen Jahren wiederfindet.

10. Arabische Musik

Um die Musik dieses Fotos wiederzufinden (und die aller anderen Fotos aus jener Zeit), habe ich eine Weile gebraucht. Wie die Fotografie schlief auch sie den Schlaf der Zeit in den Tiefen meiner Erinnerung, doch zu klingen begann sie erst drei Jahre später, ebenfalls nachts und in einem Hotel, allerdings viele Kilometer entfernt.

Es war in Bagdad, der alten Stadt des Tigris und der Scheherazade, wohin ich gereist war, um das legendäre Land aus Tausendundeiner Nacht und der tausendundein Kriege kennenzulernen, deren letzter – der lange blutige Krieg gegen den Iran – erst vor drei Monaten beendet worden war. Von der Terrasse meines Zimmers im obersten Stockwerk des Hotels Al'Mansur aus konnte ich die am Flußufer postierten Fliegerabwehrkanonen und die Panzerwagen sehen, die durch die Straßen patrouillierten und Tag und Nacht über eine Feuerpause wachten, die, wie jeder wußte, unter den gegebenen Umständen (der Haß der politischen Führung, internationale Interessen, die Tausende von Gefangenen, die auf jeder Seite gemacht worden waren) höchst instabil war. Jene Nacht, meine erste in der Stadt, verbrachte ich praktisch durchgehend auf der Dachterrasse, auf der ich den Himmel von Bagdad sah (ein Himmel voller Sterne und rein wie ein Weiher) und aus der Ferne den Gesang des Muezzin hörte, der aus den Lautsprechern der Moscheen in regelmäßigen Abständen zum Gebet rief und die Wachen ermahnte, wachsam und aufmerksam zu sein. Es war ein trauriger Singsang, eintönig und nicht enden wollend, der die Nacht durchdrang und für ein paar Minuten das Bellen der Hunde und die Geräusche der Stadt übertönte, die dort unter mir atmete wie ein, zumindest dem Anschein nach, vertrauensvoll schlafendes Tier. Und der mich rätselhafterweise weit fort von jenem Himmel und jenem Fluß führte, die ich dort betrachtete.

Die ersten Araber, die ich in meinem Leben gesehen hatte, waren Mitte der sechziger Jahre nach Olleros gekommen, um im Bergwerk zu arbeiten. Ihr Eintreffen fiel mit dem Zechenaufschwung jener Jahre zusammen, und sie gehörten zur ersten Welle ausländischer Arbeitsimmigranten, die ins Land kam. Es waren wenige, nicht mehr als fünfzehn oder zwanzig, doch ihrem Aussehen nach zu urteilen waren sie unterschiedlichster Herkunft und jeden Alters, von den zwanzigjährigen Jüngsten bis hin zu dem etwas über Fünfzigjährigen, der die Gruppe anführte und die Rolle des Vorarbeiters und Vaters einzunehmen schien. Sie kamen kurz nach den Portugiesen und etwas früher als die Kapverdier, und sie belegten alle zusammen dieselbe Wohnbaracke, die, die unserem Haus gegenüberlag, als hätten sie Angst, sich zu trennen. Es waren stille zurückhaltende Männer, die kaum ein Wort mit den Nachbarn sprachen und ihre Unterkunft nur verließen, um zur Zeche oder in den Konsum zu gehen. Es hieß, sie täten es, um zu sparen, denn offenbar schickten die Araber ihren gesamten Lohn in die Heimat, wo ihre Familien lebten, und in die sie zurückzukehren gedachten, sobald sie das nötige Geld beisammen hatten.

Die Einwohner von Olleros empfingen sie anfangs mit Mißtrauen; die einen wegen ihres befremdlichen

Aussehens (viele trugen noch, selbst wenn sie zur Zeche gingen, ihre traditionelle Kleidung, obwohl sie diese, wenn sie einfuhren, natürlich ablegen mußten), andere, weil sie sie an die Mauren erinnerten, die im Bürgerkrieg mit Franco gekommen waren und auf ihren Wegen Furcht und Schrecken verbreitet hatten. Die Leute merkten jedoch bald, daß diese Männer friedlich waren, obwohl sie eine Randexistenz führten, und daß sie nichts weiter wollten als arbeiten. Sie gingen dann allmählich auf sie zu, ein wenig aus Neugier und ein wenig aus einem Mitleid, das Fremde, besonders, wenn sie von weit her kommen, stets bei Leuten erwecken, die ihren Ort nie verlassen haben. Ob es daran lag, oder ob den Arabern allmählich aufging, daß ihr Aufenthalt in Olleros sich länger hinziehen würde, als sie gedacht hatten (schließlich verdienten sie mit der Arbeit in der Zeche in einem Monat soviel wie in ihren Ländern in einem Jahr, vorausgesetzt, daß sie dort überhaupt Arbeit gefunden hätten), jedenfalls ließen einige ihre Familien kommen und bezogen eigene Häuser. So war es auch bei der Familie von Aziz, dem Marokkaner, der bei einem Kohleeinbruch im Schacht von Sotillos verschüttet wurde und den sie fast drei Tage später erst befreien konnten (der aber kurz nach seiner Rettung starb, vor Aufregung gewiß, noch am Leben zu sein), oder bei der von Mustafa, dem ersten Maurenkind in Olleros, mit dem ich mich eng befreundete – nicht ohne mich am ersten Schultag mit ihm geprügelt zu haben – und neben dem ich auf diesem Foto sitze, welches das einzige ist, das ich von denen noch habe, die der Fotograf des Dorfes jedes Jahr, zu Beginn des neuen Schuljahres, von allen Schülern mit ihrem Lehrer machte.

Ich weiß nicht, wie viele insgesamt gekommen sind, und auch nicht, ob einer von ihnen geblieben ist, so wie die Portugiesen, die Frauen aus der Gegend heirateten (die meisten von ihnen mit Hilfe von Entführung, das heißt, sie flohen mit dem Mädchen nach Portugal und kamen kurz darauf verheiratet zurück), oder wie *Tarzan*, der belgische Seiltänzer, Eidechsenesser und Freund des Glücksspiels, der eines Tages mit einem Wanderzirkus nach Olleros kam und für immer blieb und als Schornsteinfeger arbeitete, wenn er nicht, wie meistens der Fall, betrunken war. Gegen Ende der sechziger Jahre, als dies sich alles zutrug, studierte ich schon außerhalb, und wenig später zog auch meine Familie aus Olleros fort. Ich erinnere mich jedoch noch genau an die ersten, die kamen, weil sie es waren, die, unter anderem, meinen Erinnerungen an jene Jahre die Musik gegeben haben.

Damals war mir das noch nicht bewußt. Ich sah sie im Winter von der Zeche zurückkommen, wie sie in ihrer Arbeitskleidung und mit Bergarbeiterstiefeln über die Landstraße marschierten, die Köpfe jedoch mit ihren arabischen Dschellabas verhüllt, so daß sie mir wie Gespenster vorkamen, die im Gänsemarsch durch den Schnee stapften. Und im Sommer, wenn ich spätabends auf dem Nachhauseweg an der Unterkunft vorbeikam, in der dichtgedrängt die meisten von ihnen wohnten, sah ich sie in den Fenstern lehnen, rauchen und in den Himmel starren, und ich stellte mir vor, daß sie wehmütig an ihre Heimat dachten, so wie ich eines Nachts an meine denken sollte, als ich durch das Fenster meines von Radar und Fliegerabwehrkanonen umzingelten Hotels den irakischen Himmel betrachtete. Nie jedoch, nicht einmal im Sommer, wenn die Abende vor dem Fernseher sich in die Länge zogen, weil am nächsten Tag keine Schule war, und die Klänge des Dorfes durch die offenen Fenster in alle Häuser drangen, fiel mir jene Musik auf, die aus ihrem kam und wie eine Wolke nach und nach das ganze Dorf einhüllte. Eine traurige, eintönige, nicht enden wollende Musik, die das Radio ihnen von weit her brachte, und die die hohen Berge um Olleros mit Störgeräuschen durchsetzte. Eine traurige, eintönige, nicht enden wollende Musik (wie die des Muezzins in Bagdad in jener Winternacht), die meine Träume nach und nach mit Sonne und Sand zudeckte und die – nach so vielen Jahren noch – in dieser Fotografie und in meinen Erinnerungen an jene Zeit weiterklingt.

11. Die Welt auf der Kinnspitze

Die Kinoplakate und die Plakate der Tanzveranstaltungen waren nicht die einzigen, die von den Hauswänden und Bäumen Olleros herab in schöner Regelmäßigkeit um die Aufmerksamkeit der Einwohner buhlten. Hin und wieder hielt auch ein Wanderzirkus im Dorf und manchmal sogar eine *troupe* von Puppenspielern, Familienunternehmen mit begrenztem Personal (ich erinnere mich speziell an eine, in der der Mann, der die Eintrittskarten verkaufte, hinterher in der Vorstellung drei verschiedene Rollen spielte: die des Löwen, des Teufels und des Paters, und sogar, immer noch im Löwenkostüm, in der Pause eine Tombola veranstaltete), die für zwei oder drei Tage ihre Zelte auf dem Dorfplatz aufschlugen und die Straßen mit bunten Plakaten vollklebten.

Das passierte meistens um den 15. eines Monats herum, der in Olleros als *Zahltag* bekannt war, weil die Firma an diesem Tag ihre Angestellten entlohnte. An diesem Tag, auf den die Leute schon den ganzen Monat warteten (manche sogar sehnlichst, denn korrekte Haushaltsführung war keine übermäßig verbreitete Tugend), war in Olleros schon früh der Teufel los. Die Bergarbeiter schossen Feuerwerkskörper ab und ließen Dynamitstangen explodieren, die Frauen drängten sich in den Läden (welche, um Einkäufe zu machen; andere, um die aufgelaufenen Schulden zu begleichen), und ab Mittag, wenn wir Kinder aus der Schule und die Bergleute von der Frühschicht nach Hause kamen, war der Tag ein einziges Fest, egal ob Sonntag oder Werktag war. Während des ganzen Nachmittags und bis tief in die Nacht hinein oder bis in den frühen Morgen – je nach Wetter und Anlaß –, drängten die Leute sich in den Bars, gingen auf der Landstraße spazieren oder schauten sich die vielen verschiedenen Stände an, die seit dem Vortag um den Dorfplatz herum aufgebaut worden waren. Es gab Tombolas, Karussells, Schießbuden und Hau-den-Lukas, Gaukler, Fotografen, Süßigkeitenstände, Bauchladenverkäufer und herumziehende Tanzkapellen und hin und wieder auch eine besondere Attraktion, die schon mehrere Tage im voraus mit Pauken und Trompeten angekündigt wurde. Ich erinnere mich zum Beispiel noch an den *Großen Carpanta*, einen glatzköpfigen, behaarten Mann, der Münzen und Stücke von Leitungsrohren verzehrte und von sich behauptete (obwohl er nie dazu kam, weil keiner der Zuschauer es riskieren wollte), mit seinem Speichel ein Motorrad zersetzen und es nach und nach verspeisen zu können; an *Die Muskel-Frau*, die sich als stärkste Frau der Welt bezeichnete und die tatsächlich auf ihrem Körper das Gewicht von neun Männern aushalten und mit den Zähnen einen Lastwagen mehrere Meter weit fortziehen konnte; an die Gebrüder Pita, die auf einem Seil spazierten, das viele Meter über der Erde zwischen einem Schornstein und dem Förderturm gespannt war und von unten mit einem Scheinwerfer angestrahlt wurde; vor allem aber, sogar noch vor Dr. Fu Man Chu, dem Chinesen, der die Körperumrisse seiner Frau mit Wurfmessern auf ein Brett nagelte, während sie Feuer spuckte, erinnere ich mich ganz besonders an den Mann, der auf den Plakaten mit einer Weltkugel auf dem Kinn dargestellt wurde und der nicht nur einen Laternenpfahl auf dem Kinn balanciert, sondern das gleiche mit mir getan hatte und mich auf einem Stuhl sitzend in der Luft hielt, wie es unbezweifelbar dieses Foto beweist und mir wieder ins Gedächtnis bringt: *Barbachey, der Seehund-Mann*.

Er war ein kräftiger blonder Mann, der mit entblößtem Oberkörper auftrat und dessen Koteletten gleich in den Schnurrbart übergingen. Er fuhr mit einem Lieferwagen durchs Land, begleitet von einer Frau, die ihm als Assistentin diente und sich am Ende der Vorstellung auch ums Geldeinsammeln kümmerte. Jene Nacht war für mich unvergeßlich. Nachdem er den Laternenpfahl auf seine Kinnspitze gewuchtet und ihn dort eine Weile gehalten hatte, wischte *Barbachey* sich den Schweiß ab, legte eine kleine Ruhepause ein, und dann, an das Publikum gewandt, bat er mit seinem fremdländischen Akzent (*Barbachey* war Franzose, genau wie die Frau in seiner Begleitung) um die Mitwirkung eines Freiwilligen. Mehrere von uns meldeten sich, doch er wählte mich, vielleicht, weil ich der Größte war. *Barbachey* gab mir die Hand – ich weiß noch, daß sie hart und rauh wie eine Baumwurzel war – und forderte mich auf, mich auf einen Stuhl zu setzen, den seine Assistentin für diese Nummer herbeigeholt hatte. Die Zuschauer verstummten, die Frau trat zur Seite, und *Barbachey*, nachdem er kurz seine Muskeln gedehnt hatte, bekreuzigte sich, blickte zum Himmel hinauf, stellte sich breitbeinig hin und hob den Stuhl dann zur allgemeinen Verblüffung mit einem Ruck hoch, setzte ihn behutsam auf seine Kinnspitze, wo er ihn, und mich dazu, auf einem der hinteren Beine balancierte; danach begann er sich um die eigene Achse zu drehen, wobei er mit ausgestreckten

Armen das Gleichgewicht hielt. Ich weiß nicht, wie lange ich da oben war und mich nicht zu rühren, ja, nicht einmal zu atmen wagte – und schon gar nicht, nach unten zu schauen –, aber ich weiß, daß ich, als er mich schließlich absetzte, weder den Applaus vernahm noch die Rufe der Leute noch die Stimme von *Barbachey*, der mich beglückwünschte. Ich war oben geblieben, frei in der Luft schwebend, und hielt die Zeit in meinen Händen wie er, auf den Plakaten, die Weltkugel auf seinem Kinn. Es war die großartigste Nacht meines Lebens, und die Erinnerung daran ist die lebendigste, die ich an jene Jahre habe.

Doch die Pfade des Lebens sind verschlungen. Das Leben kreist um sich selbst, wie es die Welt auf *Barbacheys* Kinnspitze tat, als ich in der Luft war, doch plötzlich überrascht es uns, wie eine alte Fotografie, und wirft uns die Trümmer der Vergangenheit vor die Füße. Vor langer Zeit habe ich in einem Dorf in der Provinz Soria einen verlassenen Lieferwagen gesehen. Er hatte keine Räder und war völlig verrostet, zum Teil mit Gestrüpp zugewachsen, dennoch konnte ich die roten Buchstaben erkennen, die zwischen Rost und Staub verkündeten: *Barbachey, der Seehund-Mann. Schausteller-Unternehmen*. Ein Dorfbewohner erzählte mir, er liege da schon mehrere Jahre. Genauer gesagt, exakt so viele, wie es her war, daß sie den Besitzer mit einem Seil um den Hals an der Eiche hängend gefunden hatten, die daneben stand. Offenbar hatte *Barbachey*, der schon seit einer Weile durch die Dörfer Kastiliens getingelt war und seine Darbietungen allein vorführte (die Frau, die ihn begleitet hatte, war entweder gestorben oder hatte ihn verlassen), in den letzten Jahren einiges von seiner Kraft eingebüßt, und gewiß konnte sein altes Kinn eines Tages das Gewicht der Welt nicht mehr tragen, und er beschloß, sich umzubringen. Er war dort begraben, auf dem kleinen Friedhof jenes Dorfes, in dem Brennesselgestrüpp, das Selbstmördern und in Sünde Verstorbenen vorbehalten ist.

Ich mochte nicht hingehen. Ich ging, ohne ihm Lebewohl zu sagen und ohne das Grab zu sehen, in dem er beerdigt war. Ich drehte mich nicht einmal mehr um, um von fern einen letzten Blick auf den Ort zu werfen, an dem er zurückblieb. Bevor ich aufbrach, ging ich nur noch einmal zu dem Lieferwagen und nahm ungesehen das verwitterte Plakat an mich, das immer noch an ihm haftete wie ein Foto an der Vergangenheit, dessen Bild aber von Sonne und Regen ausgebleicht worden war, und nahm es mit als Erinnerung an den Mann, der mich, ohne es zu wissen, gelehrt hatte, daß es manchmal schwieriger ist, die Last der Zeit zu tragen als die Welt auf der Kinnspitze, selbst wenn die Welt so hart ist wie in jenen Jahren die, die *Barbachey, der Seehund-Mann* und die Bergleute von Olleros mit herausgestrecktem Kinn aushielten, die uns beiden auf dieser Fotografie zuschauen.

12. Steinlungen

Das erste, was ich von der Zeche hörte, war das Atmen von Luis, dem Nachbarn in der Wohnung über uns. Ich weiß nicht einmal mehr, wie er aussah.

Das Atmen von Luis war das eines erschöpften Ochsen. Gleichförmig und dumpf drang es Tag und Nacht über die Treppe zu uns herein (obwohl es tagsüber manchmal von den Küchengeräuschen übertönt wurde), als befände sich dort im obersten Stock kein Mann sondern ein Bienennest. Das Atmen von Luis war wie eine tropfende Leitung: sie war immer gegenwärtig, und es war unmöglich, sie zu vergessen.

So weit ich zurückdenken kann, hörte man das Atmen von Luis immer schon auf der Treppe oder durch die Wände der Wohnung. Luis und seine Familie wohnten im dritten und letzten Stock genau über uns (mit wenigen Ausnahmen, soviel ich mich erinnere, hatten alle Wohnblocks drei Stockwerke), und er ging nie aus dem Haus. Zumindest habe ich ihn nie auf der Straße gesehen. Er saß Tag für Tag am Fenster und sprach nicht, las nicht, hörte nicht Radio, tat nichts; er schaute nur aus dem Fenster. Seine Frau, die verrückt war und den ganzen Tag lang sang (vielleicht war sie auch gar nicht verrückt und sang nur, um dieses beängstigende Keuchen nicht hören zu müssen), kümmerte sich um den Haushalt, um die Kinder und um zwei Angehörige, die auch noch bei ihnen wohnten: einen Schwager, der als einziger arbeitete, und einen Onkel, der im Kopf nicht ganz richtig war (anscheinend war er im Krieg von einem Querschläger getroffen worden) und sich die Zeit damit vertrieb, die Mädchen auf den Kalenderbildern anzuschauen.

Ich war mit den Kindern befreundet und ging oft zu ihnen hinauf in die Wohnung. Wir spielten »Mensch, ärgere dich nicht« oder in den Zimmern Verstecken (manchmal spielte auch die Mutter mit), ohne daß der Vater, der nicht aufhörte, aus dem Fenster zu starren, Notiz davon nahm. Auch unser Geschrei schien ihn nicht zu stören. Er saß stundenlang gedankenverloren da, nahm unsere Anwesenheit gar nicht zur Kenntnis, als schliefe er oder sei Tausende von Kilometern weit fort. Er wandte sich nicht einmal um, wenn man ihn ansprach. Er nickte dann nur oder antwortete mit einer Geste – allerhöchstens mit einem kurzen Wort –, ohne den Blick vom Fenster abzuwenden. Nur hin und wieder veränderte er diese Haltung, um quälend lange zu husten oder in einen Spucknapf, den er neben sich stehen hatte, einen schwarzen hoffnungslosen Auswurf zu spucken, der eher aus seiner Seele als aus seiner Brust zu kommen schien. Und so ging es den ganzen Tag lang, bis sie zu Bett gingen.

Luis starb schon früh (ich mochte da sieben Jahre alt gewesen sein), und seine Familie zog aus Olleros fort, zurück in einen Ort im Süden, aus dem sie ursprünglich kamen. Wir haben nie mehr von ihnen gehört. Die Wohnung stand leer, bis eine neue Familie einzog, und schon kurze Zeit später war nicht mehr die geringste Spur von Luis und seiner Familie geblieben. Nicht einmal die Erinnerung an sie überdauerte viel mehr als zwei Jahre: So lange hielt sich in Olleros, wo wir fast alle Zugezogene waren, die Erinnerung der Leute allerhöchstens. Sein

Atmen aber, jenes verzweifelte Keuchen, das wie das Schnaufen eines Ochsen klang, das nie aufhörte und nie nachzulassen schien, war noch über Jahre auf dem Treppenabsatz und am Küchenfenster, von dem aus er immer auf die Straße geblickt hatte, zu hören, bis neue Geräusche und das Kommen und Gehen neuer Nachbarn es schließlich zum Verstummen brachten.

In jenen ersten Jahren gab es in Olleros viele Männer wie Luis. Noch junge Bergleute (einige erreichten nicht einmal das Alter, in dem ich jetzt bin), die mit rasselnden Lungen und ohne Lebensfreude durch die Straßen schlurften und mit vierzig Jahren wie alte Männer aussahen. Die meisten von ihnen hatten bereits im Kindesalter angefangen, unter Tage zu arbeiten, und mit dreißig oder fünfunddreißig waren sie schon Rentner. Aber selbst da war es zu spät für sie. Wenn man sie in Rente schickte, und schon vorher, wenn sie zu leichteren Arbeiten über Tage eingeteilt wurden, waren ihre Lungen voller Staub, und aus ihren Augen blickte der Tod. Von jenem Tag an bestand ihre Arbeit nur noch darin, auf ihn zu warten.

Die auf der Fotografie erwarten ihn zweifellos. Man merkt es an ihrem Ernst und an der Art, wie sie in die Kamera schauen: als hätten sie längst ihr Interesse an allem verloren. Sie sitzen in der Sonne vor dem Eingang der Bar *La Amistad* – kurioser Name für dieses Bild – und schauen auf die Landstraße hinaus, und ich scheine einfach nur vorüberzugehen (man merkt es daran, daß ich nicht einmal in die Kamera blicke). Doch egal. Der Fotograf vereinte mich in genau jenem Moment mit ihnen, und solange die Fotografie existiert, werden wir immer zusammensein; sie den Blick ins Leere gerichtet und ich aus dem Bild gehend.

Man braucht sie nur anzusehen und weiß, daß sie verdammt sind. Man sieht es an ihrem Blick und ihren bleichen Gesichtern – dieser papiernen Verblichenheit der Gesichtshaut – sowie an ihren hervortretenden Adern und den geblähten Brustkörben. Es ist der Staub, der ihnen die Lungen austrocknet, die Steinlunge, eine unaufhaltsame steinerne Flut, die ihnen schließlich die Luft abschnüren wird. Vielleicht ist das der Grund, daß zwei von ihnen rauchen. Die meisten taten es, obwohl es ihnen verboten war, sicher weil es für sie keinen Unterschied bedeutete, ob der Staub oder der Tabak sie umbrachte. Tatsächlich habe ich jahrelang geglaubt, es wäre der Tabak, der sie husten und auf diese mühselige Art atmen ließ, und ich dachte, daß ich eines Tages wie Luis am Fenster sitzen und in die Ewigkeit starren würde, den Stuhl gegen die Wand gekippt und den Spucknapf an meiner Seite.

Die auf dem Foto haben zwar keinen Spucknapf an ihrer Seite, wohl aber die Ewigkeit in ihrem Blick. Sie leben und atmen (wenn ich sie mir genau anschaue, kann ich noch ihre Lungen rasseln hören), aber sie blicken in die Kamera, als wären sie bereits in einer anderen Zeit als dort auf dem Bild. Und sicher waren sie das auch. Sicher war für sie die Zeit seit Jahren nicht mehr ein Film, bei dem die Tage einer dem anderen folgte, wie die Einzelaufnahmen auf der Filmrolle, sondern eine weiße Leinwand, eine endlose Leinwand, auf der es nichts mehr zu sehen gab. Sicher war dies auch die Leinwand, die Luis von seinem Fenster aus sah und die ihn stundenlang so selbstvergessen dasitzen ließ, wie manche Leute im Kino, wenn der Film schon zu Ende ist, weiterhin auf die Leinwand starren und gar nicht merken, daß er aufgehört hat. Sie sehen offensichtlich nicht die Leinwand, sondern immer noch die erinnerten Bilder des Films, die sie weiter beschäftigen. Auf dieselbe Weise blicken die auf dem Foto in die Kamera; ihre Augen spiegeln ihre Erinnerungen wider und nicht das, was sie vor sich sehen.

Es sind Erinnerungen an ärmliche Küchen, an Eltern, die nicht mehr leben, an ferne Dörfer und Provinzen. Erinnerungen an Dorfschulen, an eine flüchtige Jugend, an Koffer, Straßen und Mädchen, an Autobusse und schlingernde Züge, in denen sie in Olleros eintrafen, als sie noch jung waren, und Erinnerungen vor allem an diese Zeche, die nicht nur ihre Jugend, sondern auch ihre Lungen verbrannt hat und sie zu alten Männern machte. Der mit der Mütze zum Beispiel, der einzige, an den ich mich erinnere (die anderen drei müssen schon vorher gestorben sein), war, als er starb, höchstens vierzig Jahre alt. Er hieß Germán und wohnte in einer der Mietskasernen von La Herrera, in deren Nähe er sich stets aufhielt, zuletzt nur noch sitzend. Als man die Autopsie an ihm vornahm (Germán war auf der Straße gestorben, und seine Frau fand ihn, als sie in der Nacht nach ihm suchte), hatte er eine Lunge wie ein Stein, so hart und verbacken war sie. Zumindest erzählten das am nächsten Tag vor der Tür der Bar *La Amistad* seine Kneipenkameraden, während sie darauf warteten, daß die Reihe an sie kam, dabei ihren Blick in die Ewigkeit schweifen ließen, die jenseits der Berge lag, und rauchten.

Das muß so 1966 gewesen sein, und ich war einer, wie auf dem Foto, der nur vorüberging. Jetzt, wo ich darüber nachdenke, habe ich das Gefühl, daß das das einzige war, was ich in all jenen Jahren getan habe.

13. Begrabene Erinnerung

Es war kein Desinteresse, es war nicht einmal meine Schuld. Wenn ich während der zwölf Jahre, die ich in Olleros wohnte, von denen ich mich nur noch an die Hälfte erinnere, und das immer verschwommener, wenn ich während dieser zwölf Jahre nie ganz begriff, was um mich herum geschah, und das Leben jener Menschen daher nur umstandshalber teilte, war es nicht aus Desinteresse oder aus Gefühllosigkeit, sondern aus Unwissenheit. Obgleich ich zwölf Jahre lang über der Grube wohnte und denselben Staub und dieselbe Angst atmete wie die Bergleute, ging ich von dort fort, ohne zu wissen, was dies eigentlich war. Erst viele Jahre später sah ich ein Bergwerk von innen.

Das war 1986 und paradoxerweise Tausende von Kilometern von Olleros entfernt: in Gällivore, in Lappland, einem im Eis der schwedischen Tundra verlorenen Bergarbeiterstädtchen. Es war ein Bergwerk, in dem Eisen gefördert wurde, das zweitgrößte der Welt, glaube ich. Wir fuhren mit einem Bus bis zur Sohle, und während wir hineinfuhren, erklärte der Bergmann, der uns als Führer mitgegeben worden war und der von seiner Erscheinung her in nichts an die Bergleute erinnerte, die ich aus Olleros kannte, wie es funktionierte. Auch das Bergwerk selbst hatte nichts mit dem von Olleros gemein. Nicht nur ersetzte der Autobus in ihm jenen Eisenkäfig, mit dem die Bergleute von Olleros unter Tage fuhren, sondern gigantische Maschinen, die nur von einem einzigen Menschen bedient wurden, ersetzten auch die Bergleute. Jede dieser Maschinen leistete die Arbeit, die früher dreißig oder vierzig Bergleute verrichtet hatten. Tagsüber rissen sie Dutzende von Löchern in den Fels, und während der Nacht, wenn die Männer schliefen, besorgte das Dynamit den Rest. Als ich mich von unserem Führer verabschiedete, fragte er mich, ob in Spanien noch immer Bergarbeiter stürben. Ich war überrascht und wußte nicht, was ich antworten sollte; doch er erklärte mir gleich den Grund seiner Frage. Der letzte Bergmann, der in Schweden bei einem Unfall sein Leben gelassen hatte, war offenbar 1963 in eben jenem Bergwerk umgekommen. Zur selben Zeit, als in Olleros noch mindestens ein oder zwei Mal im Monat der *die Glocke* genannte Firmenbus zu unüblicher Zeit durchs Dorf fuhr.

Kurze Zeit darauf, schon wieder in Spanien, betrat ich erneut eine Zeche. Ein kleines Bergwerk in El Bierzo, in León, nicht weit von dem in Olleros. Ich war dort hingefahren, um eine Reportage über die große Zahl tödlicher Unfälle zu schreiben, die sich in jenem Herbst in den Kohlerevieren Asturiens und Leóns ereignet hatten. Allein im vorangegangenen Monat waren über zehn Unfälle passiert. Die aufgrund ihrer besonderen Umstände tragischsten von allen: der, der unweit von Puente Almuhey einen Studenten das Leben kostete, der sich sein Studiengeld verdiente, indem er während der Sommermonate in der Zeche arbeitete, und der just an jenem Tag umkam, an dem er wieder nach Hause fahren wollte; und jener, der in El Bierzo das Leben von vier Bergarbeitern forderte, die durch einen Erdrutsch in einem alten Stollen eingeschlossen wurden, der wegen eines anderen

Unfalls schon seit Jahren geschlossen war und in dem sie demnach illegal gearbeitet hatten. Diesen sah ich mir an, obwohl der Besitzer, ein aufgedunsener Kerl mit dem Gesicht eines Alkoholikers, mich lautstark daran zu hindern suchte und mich anschrie und beschimpfte, als trüge ich an dem Unfall die Schuld. Ich wartete, daß er ging (seine Frau brachte ihn unter den Beschimpfungen der Einwohner und der Kameraden nach Hause), und fuhr in Begleitung zweier von ihnen in die Zeche ein, um mir den Ort anzusehen, an dem die Bergleute gestorben waren.

Zechen müssen auch eine Erinnerung haben. Oder, genauer gesagt: Die Erinnerung ist ein Grubengewirr in unserem Gehirn. Ein tiefer, unergründlicher, finsterer Schacht voller Schatten und Seitenstollen, ein Schacht, so tief wie man im Traum fallen kann, tut sich vor uns auf, je weiter wir in ihn vordringen. Während ich durch jenen dunklen Schacht kroch, ging in meiner Erinnerung ein Licht an (ein trübes rotes Licht, wie das der Laternen und Lampen meiner beiden Begleiter), das die Stollen und Schächte meiner Erinnerungen immer heller aufleuchten ließ. Einige hatte ich längst vergessen. Sie waren plötzlich da – und verschwanden auf die gleiche Weise: verschmolzen wieder mit der Schwärze –, waren wie die im Licht der Taschenlampen tanzenden Schatten um uns herum. Unter diesen flüchtigen Schatten fand ich zwischen einer Reihe von Loren meinen eigenen Schatten neben denen von Balboa und Miguel wieder, wie wir vor vielen Jahren durch den Stollen der Zeche am Kreuz krochen und mehrere Meter in die verbotene Erde eindrangen.

Miguel ging als erster hinein. Zumindest glaube ich

mich daran zu erinnern, daß er die Tür öffnete: eine Brettertür, mit einem Vorhängeschloß gesichert, das ebenso lange da hängen mußte, wie der Schacht geschlossen war. Und dieser Schacht, der verlassen am Fuß des Kreuzes lag, welches die Zechengesellschaft auf dem Gipfel des Berges zur Erinnerung an die Missionswochen, die vor Jahren in Olleros stattgefunden hatten, errichten ließ, war der älteste im ganzen Dorf. Die Erinnerung ist allerdings so undeutlich, daß ich nicht einmal weiß, ob es jenen Nachmittag in Wirklichkeit überhaupt gegeben hat (manchmal besetzen uns die Träume, nur weil sie sich immer wiederholen, mit einer solchen Macht, daß wir sie schließlich für Erinnerungen halten). Vielleicht lag es daran, daß ich an jenem Tag im Stollen von El Bierzo nicht recht wußte, ob das, was die Taschenlampen beleuchteten, eine Erinnerung oder ein so oft wiederholter Traum war, daß er mir im Rückblick wie eine Erinnerung vorkam. Da stand ich mit Balboa und Miguel, das Licht der Eingangsöffnung noch im Rücken, doch vor uns die Finsternis, und keiner wußte, ob er weitergehen oder stehenbleiben sollte. Wir hatten soviel Angst, daß wir, kaum waren wir drinnen, am liebsten wieder hinausgerannt wären. Keiner traute sich. Keiner von uns dreien wollte der erste sein. Wir fürchteten uns zwar vorm Weitergehen, doch weit mehr noch fürchteten wir, uns aus den Augen zu verlieren, und noch mehr, glaube ich, hinterher die Konsequenzen unserer Angst tragen zu müssen: Feigheit bezahlte man bei uns damals mit dem Ausschluß aus der Gruppe. Wir hatten natürlich keine Taschenlampen dabei, nur Streichhölzer, die zu nichts anderem nütze waren, als uns die Finger zu versengen (was noch nicht das Schlimmste gewesen wäre: das Grubengas, das sich in all den Jahren dort angesammelt und in allen Rampen, Einbuchtungen und Galerien ausgebreitet hatte, hätte explodieren können, und wir wären da drinnen verbrannt). Trotzdem gingen wir noch einige Meter weiter. Bis zu den Loren. Danach teilte sich der Stollen und stürzte abrupt in die bodenlose Finsternis, inmitten einer Stille, die vom Anbeginn der Zeit an hier zu sein schien; einer so tiefen Stille, die sogar unserem Atmen ein Echo entlockte. Und das Echo machte uns noch mehr Angst.

Es war das Echo jenes Tages (wenn es wirklich eins gegeben hat), das ich zu hören glaubte, als die beiden Bergleute eine so steile niedrige Rampe hinunterstiegen, daß sie kaum aufrecht gehen konnten. Dort unten, sagten sie, habe sich der Unfall ereignet. Ich folgte ihnen geduckt, damit ich mir nicht den Kopf an der Decke anstieß, und versuchte meine aufsteigende Klaustrophobie zu unterdrücken, bis es so niedrig wurde, daß wir kriechen mußten. In diesem Moment überkam mich die Erinnerung. Ich warf einen Blick zurück und konnte nichts mehr sehen, nicht einmal den Schein der Taschenlampen, und mein Herz pochte mir bis zum Hals, und mein Mund war so trocken wie an jenem Tag in der Zeche am Kreuz, als ich mich umdrehte und das graue Rund des Himmels nicht mehr sah. Ich weiß noch, daß ich zuerst glaubte, jemand habe die Tür geschlossen. Ich mußte daran denken, wie Pedro, der Dorftrottel, mit dem wir damals spielten, durch ein Rohr gekrochen und darin steckengeblieben war (um ihn herauszuholen, mußte das Rohr mit einer Spitzhacke aufgeschlagen werden, und das dauerte ein paar Stunden), und ich spürte, daß mein ganzer Körper in kaltem Schweiß gebadet war. Das

Rund des Stolleneingangs, das ich die ganze Zeit noch hinter mir geglaubt hatte, war verschwunden wie das Auge der Kamera, wenn der Verschluß fällt, und wir standen mitten im Nichts, unter der Erde begraben wie Pedro. Außerdem waren die Streichhölzer aufgebraucht, und auch Balboa und Miguel waren verschwunden, obwohl ihr Atmen noch ganz in der Nähe zu hören war. Ihr Atem ging schnell, genau wie meiner, in der Leere verstärkt durch den Nachhall der Angst. Bestimmt waren sie damals genauso verängstigt wie ich. Vor allem Balboa, dessen Vater erst vor einigen Monaten in der Zeche umgekommen war, und der, wie er uns später berichtete, die ganze Zeit über gefürchtet hatte, er könne ihm erscheinen.

Ich weiß nicht, wie lange wir brauchten, um herauszukommen, und auch nicht, wann genau wir das Auge jener Kamera sahen, die nur in den Himmel zeigte, den zu belichtenden Film jedoch in das Innere des Höllenmauls getaucht hielt. Ich weiß nur noch, daß wir es kaum sahen (der Wind, der sehr stark war, hatte die Tür zugeschlagen und jetzt wieder einen Spaltbreit geöffnet) und schon losrannten und dem Bergwerk entkamen wie einem Albtraum, der noch andauert, wenn man längst wach geworden ist. Unten lag die Fotografie von Olleros vor uns, dieselbe, die ich in diesem Augenblick betrachte, nur seitenverkehrt: vorne das Dorf, in dem ich an dem Tag, an dem die Kleine geboren wurde, mit meinen drei Geschwistern vor der Kamera posiere, und im Hintergrund der Stolleneingang, der wie ein Fledermausnest am Berg klebt, schien sie uns an jenem Tag – den wir natürlich noch viele Jahre geheimhielten – die schönste Landschaft der Welt.

14. Reise zum Mond

Im Jahr 1963 kam das Fernsehen nach Olleros. Der erste Apparat kam in Martinianos Kneipe, und das war ein ganz besonderes Ereignis. An dem Tag, an dem er ihn einweihte, fand sich jedenfalls das ganze Dorf dort ein. Nicht einmal am Zahltag hatte das Lokal je so viele Leute gesehen.

Schon seit mehreren Monaten wurde darüber gemunkelt. In Sabero gab es schon zwei – im Haus der Ingenieure und im Casino – und in Cistierna drei oder vier. Diejenigen, die bereits ferngesehen hatten, sagten, es sei besser als das Kino, unter anderem, weil man es zu Hause haben konnte. José Luis, der aus La Herrera, der mit seinem Vater nach Cistierna gegangen war, um dort fernzusehen, sagte, es sei ein Radio, bei dem man aber die Sprecher sehen könne.

Mich versetzte das in helles Staunen. Obwohl José Luis darauf beharrte und seinen Vater als Zeugen anführte, was soviel war, wie Gott zu benennen, denn wir würden ihn ja auf keinen Fall fragen gehen, konnte ich nicht begreifen, wie es möglich sein sollte, daß man jemanden sah, der so weit entfernt war (daß man die Sprecher hören konnte, verstand ich zwar ebensowenig, nahm es aber inzwischen hin), und ich schaute mein Radio an und hoffte, das Wunder würde eines Abends geschehen. Doch das Wunder geschah nicht. Das Radio behielt weiterhin seinen gewohnten Tonfall und seine Routine, und sosehr ich es auch anstarrte, ich konnte die

Sprecher nicht sehen, obwohl es mir durch inniges Wünschen mehr als einmal gelang, mir ihre Gesichter vorzustellen. An dem Tag, an dem Martiniano das Fernsehen brachte, war ich deshalb einer der ersten, die schauen gingen, wenn ich es auch nur durch das Fenster sah.

Der Fernseher kam an einem Samstagnachmittag mit dem Linienbus. Martiniano war nach León gefahren, um ihn zu kaufen, und er war in einen so großen Karton eingepackt, daß er und der Schaffner ihn nur mit Mühe ausladen konnten. Ich erbot mich sofort, ihm zu helfen. Das tat ich manchmal auch gegen ein Trinkgeld für die Ladenbesitzer, die ihre Pakete mit dem Bus brachten (nicht nur ich; auch viele andere Jungen, was manchmal zu Streitigkeiten und Diskussionen zwischen den Bewerbern führte), aber an jenem Tag war ich bereit, Martiniano umsonst zu helfen. Ich hätte, wenn ich den Fernseher hätte tragen dürfen, sogar dafür bezahlt. Doch Martiniano lehnte meine Hilfe mit dem Argument ab, bei diesem Karton sei größte Behutsamkeit angebracht, und ich mußte mich damit begnügen, zusammen mit all den Leuten, die ihn ebenfalls erwartet hatten, hinter ihm herzugehen.

Ich erinnere mich, daß es wie eine Prozession war. Von der Bushaltestelle bis zu seiner Kneipe, die nur hundert Meter entfernt war, ging Martiniano, den Fernseher umklammernd, über die Landstraße, umgeben von einem Schwarm Kinder, die ihren Blick nicht von dem Karton abwandten. Hinter uns gingen auch ein paar Männer, Fahrgäste, die ebenfalls mit dem Bus gekommen waren oder an der Haltestelle gewartet hatten, und Freunde von Martiniano, die um diese Zeit in der Kneipe gesessen hatten und ihn abholen gegangen waren, als sie den Bus hatten kommen sehen. Aber nicht einmal sie ließ er den Karton anfassen. Weder sie noch seine Frau. Martiniano war so aufgeregt über seinen Kauf, daß er niemandem erlauben wollte, ihn anzufassen.

Dann in der Kneipe, in die sie uns Kinder nicht hineinließen, so daß wir uns damit abfinden mußten, alles nur durch das Fenster sehen zu können, stellte Martiniano den Karton auf den Boden, und nachdem er ihn eine Weile betrachtet hatte, zog er das Jackett aus und machte sich daran, ihn mit Hilfe einer Schere auszupakken. Ich werde das nie vergessen. Zusammen mit allen anderen Kindern und sogar ein paar Frauen, die ebenfalls zuschauen wollten, am Fenster zusammengedrängt (was Rippenstöße und die eine oder andere Zankerei zur Folge hatte), sah ich, wie Martiniano den Karton aufmachte und, nachdem er eine Menge Plastik entfernt hatte, endlich den Fernseher herausnahm und ihn vorsichtiger auf einem Tisch abstellte, als wenn es ein kleines Kind gewesen wäre. Zumindest hätte ein Kind niemals einen solchen Empfang bekommen, und schon gar nicht in Olleros, wo es jede Menge von uns gab.

Am nächsten Tag, einem Sonntag, weihte Martiniano den Fernseher ein. Die Nachricht hatte sich im ganzen Dorf herumgesprochen, und schon am frühen Morgen füllte sich die Kneipe mit Leuten; sie wollten diese Erfindung sehen, von der zwar alle voller Begeisterung redeten, die aber bisher nur sehr wenige aus eigener Anschauung kannten. Ich konnte an diesem Tag kaum etwas essen. Ich war so aufgeregt, daß ich nicht einmal ins Kino ging, wie sonst jeden Sonntagnachmittag, obwohl das Fernsehen erst um sieben begann und der Film im Kino eine Stunde vorher zu Ende war. Um fünf war ich schon in Martinianos Kneipe (ausnahmsweise ließen sie an diesem Tag alle hinein, sogar die Kleinen) und wartete in der ersten Reihe ungeduldig auf den Augenblick, da der Fernseher eingeschaltet würde.

Eine Stunde vor dem angekündigten Zeitpunkt war die Kneipe bereits brechend voll. Martiniano hatte die Tische in einer Ecke zusammengeschoben und den Raum mit den Stühlen der Kneipe und denen, die einige Nachbarn von zu Hause mitgebracht hatten, in eine Art Kino verwandelt, in dem über zweihundert Personen zusammengepfercht waren, jeweils zu zweit auf einem Stuhl oder wie Kirschen aneinandergedrängt. Es saßen Leute auf dem Boden, auf den Tischen, auf den Fensterbänken und hinter der Theke. Diejenigen, die draußen geblieben waren (fast doppelt so viele wie wir, die es geschafft hatten hineinzukommen), drängten sich unterdessen vor den Fenstern und diskutierten mit denen drinnen darüber – vor allem mit denen, die auf die Tische gestiegen waren –, daß diese die Köpfe einziehen und ihnen nicht die Sicht versperren sollten. Als der Augenblick gekommen war, war das Durcheinander so groß, daß Martiniano sich gezwungen sah, über die Leute hinwegzusteigen, um zum Fernseher zu gelangen.

In diesem Moment verewigte uns der Fotograf. Ich nehme an, daß es dieser Moment war, denn Martiniano steht auf einem Stuhl und wir anderen blicken so gebannt zu ihm auf, daß wir nicht einmal merken – außer einem Kind zu meiner Rechten, das in die Kamera schaut –, daß der Fotograf in einer Ecke steht und uns genau in dem Augenblick fotografiert, in dem Martiniano sich anschickt, den Fernseher einzuschalten. Während ich also darauf wartete, die Gesichter der Menschen auftauchen zu sehen, deren Stimmen ich abends in unserem Radio hörte, bekam ich nicht mit, daß gerade die unseren für immer auf diesem Foto festgehalten wurden, wie Martinianos Fernseher noch in Schwarzweiß, obwohl sich damals die Welt des Kinos an vielen Nachmittagen bereits in Farbe drehte. Was das Foto nicht festhielt, wohl aber meine Erinnerung und die aller anderen, die wie ich darauf warteten, fernzusehen, ist der Umstand, daß wir nach langem, geduldigem Warten und trotz der verzweifelten Versuche Martinianos, den Apparat in Gang zu bringen, lediglich eine Art Schneeregen zu sehen bekamen, genau wie der hinter dem Fenster, vor dem sich unerschütterlich immer noch die ganzen Leute drängten, die in der Kneipe keinen Platz gefunden hatten. Offenbar hatte Martiniano vergessen, die Antenne anzuschließen, aber das erfuhr er erst Tage später, als ein Techniker aus León kam, um herauszufinden, was los war.

Mehrere Jahre danach, 1969, wiederholte sich jene Szene, jetzt allerdings bei mir zu Hause und ohne den Fotografen von Olleros als Zeugen (lange schon war die Ankunft eines Fernsehers im Dorf so normal geworden wie die eines Kindes). Trotzdem waren an dem Tag, an dem ihn mein Vater endlich kaufte, nachdem das ewige Hinausschieben und Vertagen bei meinen Geschwistern und mir schon die Befürchtung geweckt hatte, er würde sich nie dazu entschließen, zu seiner Einweihung alle unsere Nachbarn bei uns. In Wirklichkeit wollten sie nicht den Fernseher sehen, den es schon vielerorts gab, und einige von ihnen hatten sogar selbst einen, sondern die Amerikaner, die in dieser Nacht auf dem Mond landen sollten. Die Landung war für zwei Uhr morgens vorgesehen, aber schon von elf an füllte sich unsere Küche mit Leuten, die das Ereignis von der ersten Reihe aus miterleben wollten. Nur Celerina war nicht dabei. Die Alte ging ins Bett, nachdem sie die Nachrichten gesehen hatte, und lachte über uns, weil wir für wahr hielten, was nach ihrer Meinung nur ein Film war; ein Film, sagte sie, wie ich mich entsinne, den uns die Amerikaner vorsetzen würden, um vorzugaukeln, sie seien klüger als die Russen. Ich konnte es nicht nachprüfen. Ich schlief über dem Warten ein, und als ich aufwachte, war schon Programmschluß, und die meisten waren gegangen, aber der Fernseher lief trotzdem noch. Die Dagebliebenen schauten weiterhin auf den Bildschirm, als sähen sie dort immer noch den Mond. Das einzige, was ich sah, bevor ich endgültig aufwachte, war das Gesicht von Celerina, die uns immer noch auslachte, während der Schneeregen auf dem Bildschirm diesen allmählich zudeckte und die Welt sich in eine Fotografie verwandelte: dieselbe Fotografie, die ich jetzt betrachte und auf der Martiniano weiterhin versucht, nach dem Mond zu greifen.

15. Das Leben in Schwarzweiß

Die Männer überqueren den Dorfplatz mit ihren Grubenhelmen und ihrer Arbeitskleidung; einige rauchen und haben ein rußgeschwärztes Gesicht: es sind jene, die in der Nähe wohnen oder lieber zu Hause duschen als in den Gemeinschaftsduschen der Zeche. Die Frauen blikken sie an, während sie näherkommen, unterbrechen ihre Unterhaltungen oder bleiben auf ihrem Weg stehen; sie schauen aus Neugier, aber auch, um festzustellen, ob ihre Söhne oder Ehemänner unter ihnen sind (fast ist es schon eine Gewohnheit). Neben ihnen betrachtet ein schwarzer Hund ebenfalls die Szene, und in der Mitte liefern sich ein paar Jungen eine Schneeballschlacht, wobei sie sich hinter den Pfosten der Wäscheständer und hinter dem Schneemann verstecken, der vorn auf dem Bild steht; ein Schneemann mit einer Lampe auf dem Kopf und einem Bergmannsgürtel um, den sie bestimmt selbstgemacht haben. Einer von ihnen, der mit dem gestreiften Pullover, bin ich. Es ist kalt (der Wind fegt über den Platz, daß sich die Wäscheständer biegen), und wenn es auch sogut wie nicht mehr schneit, ist die Luft doch so eisig, daß unser Atem wie Rauch aussieht. Im Hintergrund ragt der Förderturm wie ein riesiges schwarzes Kruzifix über die Dächer. Das Bild ist unbeabsichtigt die beste Darstellung von Olleros: ein Ort, in dem das Leben nur in Schwarzweiß verlief.

Tatsächlich ist es das letzte in Schwarzweiß, das ich besitze; das letzte meiner Fotos, auf dem die Wirklichkeit, wie meine Erinnerungen an jene Zeit, keine Farbe hat. Es stimmt, daß Erinnerungen, wie Fotografien, mit der Zeit allmählich die Farben verlieren (die Erinnerung ist eine Kamera mit Weichzeichner), doch diese gehört dazu noch in die Zeit, in der sich mein Leben nur in Schwarzweiß abspielte, in den beiden Farben von Olleros: dem Weiß der Wäsche und des Schnees und dem Schwarz der Kohle. Das Schwarz der Kohle, das immerwährende, war dauernd in der Luft, man atmete es, während das Weiß des Schnees nur im Winter hinzukam und im Frühling wieder verschwand, genau andersherum als das Weiß der Wäsche, das nur bei Sonnenschein zu sehen war (wenn es hingegen regnete, gerieten die Farben durcheinander und die Landschaft wurde so undurchsichtig wie beschlagenes Glas oder wie Martinianos Fernseher an dem Tag, an dem er ihn der Öffentlichkeit präsentieren wollte). Wann immer ich jedenfalls an Olleros denke, ob in dieser oder in einer anderen Zeit, erscheinen mir die Bilder in Schwarzweiß und erinnern mich unweigerlich an jene Filme, in denen die Landschaften und die Schauspieler wie Schatten waren und die für mich immer noch das wahre Kino sind: das Kino, das, genau wie wir, noch nicht wußte, daß die Welt farbig war.

Wir konnten es unmöglich wissen. Tag und Nacht blieben wir eingeschlossen in jener Grube, in der sogar die Berge tot und die Bäche von der Kohle schwarz waren; nur die Gegenwart des Schnees und der weißen Wäsche unterbrach diese trübe Landschaft, deren einziges Zeichen von Lebendigkeit, abgesehen von unseren Stimmen, das endlose Feuer der Zeche war. Doch weder die eine noch die andere Farbe war von Dauer. Wenn der

Schnee schmolz, verfaulte er unter der Kohle zu einem schwärzlichen Brei, und wenn der Sturm über die Abraumhalden blies, bedeckte er die Wäsche mit Kohlenstaub und zwang die Frauen, sie, manchmal noch feucht, von der Leine zu nehmen. Auch unser Sehen war derart vom Kohlenstaub infiziert und so an das Weiß und das Schwarz gewöhnt, daß, wenn der Frühling Blumen an die Berghänge malte oder wenn im *Minero* Farbfilme gezeigt wurden, wir uns nur mit Mühe daran gewöhnen konnten, so wie es auch die Bergleute einige Mühe kosten durfte, sich wieder an das Tageslicht zu gewöhnen, nachdem sie sich stundenlang in der Dunkelheit aufgehalten hatten. Im Grunde waren wir und sie wie jene Maultiere, die vor der Einführung von Maschinen die Loren über die Rampen des Bergwerks zogen und die auch ihre Ställe im Bergwerk hatten, weil sie das Tageslicht nicht mehr ertragen konnten. Ich habe sie kaum noch gekannt. Ich erinnere mich nur an eines, das *Sevilla* hieß, genau wie der Bergmann, der es auf diesen Namen getauft hatte, und das, da es für die Arbeit im Bergwerk schon zu alt war, an die Bergleute ausgeliehen wurde, damit es ihnen beim Pflügen ihrer Gärten half, die sie auf dem Grund und Boden der Zeche bestellen durften, der allerdings Eigentum der Gesellschaft blieb, die das meiste Land im Tal besaß. Ich entsinne mich, daß dem Maultier eine Decke um die Augen gebunden wurde, damit es nicht erblindete, wenn es ins Sonnenlicht trat.

Wie die Maultiere lebten nicht nur die Bergleute, sondern auch wir beständig im Zwielicht, obwohl ich das damals noch nicht wußte. Wenn man nichts anderes als Schwarz und Weiß kennengelernt hat, wie ich, bis ich Olleros verließ, glaubt man, daß die ganze Welt so ist, und gewöhnt sich daran, sie auf diese Weise zu sehen, genau wie die Menschen daran gewöhnt waren, sich zuerst im Schwarzweiß der Fotografien zu sehen und später in dem des Kinos und des Fernsehens. Lange Zeit habe ich tatsächlich geglaubt, Farben existierten nur in meiner Vorstellung. Darum, um der Wirklichkeit zu entfliehen, malte ich die Filmfotos an, und darum träumte ich von ihnen, nachdem ich sie buntgemalt hatte, betrachtete sie und schlief darüber ein, genau wie ich heute in manchen Nächten vor dem Fernseher einschlafe. Heute hingegen ziehe ich, aus demselben Anlaß, doch aus einem anderen Grund, das Schwarzweiß jener Zeit den Farbfotografien vor. Es ähnelt mehr der Vergangenheit, und im Fall von Olleros ist es das einzige, das der Erinnerung gerecht wird. Der aufrichtigen Erinnerung zumindest. Die einzigen Farben, die es in Olleros außerhalb des Kinos – nachdem Farbe in die Kinos kam – und, davor, in meiner Erinnerung gab, waren das Weiß der Wäsche und des Schnees sowie das Schwarz der allgegenwärtigen lungenzerfressenden Kohle.

16. Die Farbe der Welt

Um das Flüchtige, das Momentane festzuhalten, muß man den Blick auf eine einzige Sache richten, je vergänglicher sie ist, desto besser: eine Wolke, die am Horizont dahinzieht, ein Hund, der davontrottet, eine vom Wind fortgewehte Zeitung, und sie in der Erinnerung speichern, um diesen Augenblick später einmal durch sie zurückzugewinnen. Um das Flüchtige, das Momentane festhalten zu können, muß man wissen, daß der Zufall – der Tod – das einzige ist, was überdauert.

Im Kampf der Menschen gegen die Zeit – diesem unerschrockenen endlosen Kampf, den wir alle erfolglos bis zum Tode ausfechten – hat sich die Fotografie wirksamer erwiesen als die Malerei oder der Roman. Im Gegensatz zu jenen entsteht die Fotografie aus dem Alltäglichen, aus der Bescheidenheit des Lichts, der Anekdote und macht, indem sie die Angst und das Wunder, das Plumpe und das Theatralische miteinander verwebt, das Unwirkliche wirklich und das Vergängliche ewig. Vielleicht sind deshalb jene Fotografien die wahrhaftigsten, die authentischsten, auf denen unbedeutende Szenen oder belanglose Momente des Lebens abgelichtet sind. So haben es vor vielen Jahren schon die großen Fotografen gesehen, wie Cartier-Bresson, dessen Landstreicherfotos ihre Zeit besser wiedergeben als alle Geschichten oder Romane jener Epoche; und so hat es, auf bescheidenere Weise, auch der Fotograf dieser Bilder verstanden, der gewiß auch der ist, der alle vorherigen Fotos aufgenommen hat – ausgenommen natürlich das der Schule –, an den ich aber trotzdem keinerlei Erinnerung mehr habe.

Es ist das erste Farbfoto, auf dem ich mich sehe; das erste Foto von mir, das von sich aus schon farbig ist, und nicht wie das Schulfoto, dessen Schwarzweiß der Fotograf nachkoloriert hat, um der Wirklichkeit näherzukommen. Trotzdem ist die Farbe auf diesem ebenso befremdlich wie auf jenem. An den Rändern verblaßt oder zerlaufen, manchmal weich und dann wieder viel zu hart, verschummert es Formen und menschliche Gestalten, bis sie nicht mehr auseinanderzuhalten sind. Da sind die Bäume weiß wie Wolken, der Förderturm blau, die Häuser ganz und gar rot, der Berg gelb statt grün und der Linienbus dunkelblau wie auch die Landstraße. Und zwischen der Landstraße und den ersten Häusern, gleich nach der Kurve hinter den Bäumen, und die wartenden Leute verzeichnend, ist die Auspuffspur des Busses so weiß, daß man sie sehen kann. So muß die Welt in der Vorstellung eines Blinden aussehen.

Es wurde an einem Septembermorgen aufgenommen. Ich weiß das noch, weil an diesem Tag mein Bruder aus Olleros fortging. Er ging nach Madrid, um bei den Mönchen zu studieren, genau wie noch ein paar andere aus unserem Dorf (rekrutiert hatte sie ein weißbärtiger Mönch, der schon vor dem Sommer über die Dörfer gezogen war und die Schulen besucht hatte), und vielleicht war an diesem Tag deshalb, außer den Familien der verreisenden Jungen, auch der Fotograf da, um den Augenblick zu verewigen. Diesen Tag würden wir schließlich alle lange in Erinnerung behalten.

Ich jedoch erinnere mich kaum daran. Ich war erst acht Jahre alt, die Augen fielen mir vor Müdigkeit zu (wie alle in der Familie, war ich spät ins Bett gegangen und früh aufgestanden, um mit ihnen gehen zu können), und ich schlief beim Warten auf den Bus wieder ein, und alles, an was ich mich neben den Koffern und den Lebewohls erinnere – und den Tränen meiner Mutter, als sie sich von meinem Bruder verabschiedete, der mir, ganz im Gegensatz zu ihr, recht vergnügt aussah –, ist der Benzingeruch und der Glanz des Linienbusses, als er in der Ferne verschwand. Ein flüchtiger bläulicher Glanz, violett gesprenkelt wie der Himmel. Merkwürdigerweise dieselbe Farbe wie auf diesem Foto, obwohl sie vielleicht nie existiert hat.

Möglicherweise existiert überhaupt keine Farbe, zumindest nicht so, wie wir sie sehen. Im Gegensatz zu den Formen, die immer unveränderlich bleiben, falls die Zeit sie nicht modelliert, wechseln die Farben und verändern sich, wenn sie dem Licht ausgesetzt sind und den wechselnden Stimmungen des Auges, in dem sie sich spiegeln. So kommt es, daß das Kino, das beweglich und daher variabel ist, die Farben nicht zeigt, wie sie sind, sondern sie jedesmal neu erfindet (was zur Folge hat, daß sie immer wahrhaftig sind), und darum täuschen Fotografien, die vorgeben, das beständige Licht und der dauerhafte Blick zu sein, immer. Fotografien und Erinnerungen erzählen die Welt nicht, wie sie war, sondern wie sie einmal gewesen ist, und daher auch, wie sie auf eine ganz andere Art hätte gewesen sein können.

Auf dieser sieht man es deutlich. Soweit ich mich entsinne, waren weder die Bäume in Olleros weiß noch die Häuser rot noch die Straße dunkelblau noch der Himmel violett. Zumindest nicht immer. Und dennoch werden sie in meiner Erinnerung an diesen Augenblick immer so sein, möglicherweise deshalb, weil die Erinnerung, wie jede Erinnerung, sich meinem Gedächtnis in Schwarzweiß eingeprägt hat und erst die Fotografie ihr die Farbe gibt, wie ich sie den Filmfotos gab oder der Wanderfotograf den Fotos von uns Schulkindern. Darum wirkt sie auf mich heute so merkwürdig, als gehöre sie nicht mir oder als wäre sie ein Traum, und darum sehen die Farben für mich heute so anders aus. Nur an die Farbe des Linienbusses erinnere ich mich so, wie sie wirklich war.

Es war eine Sache von Sekunden, die sich mir jedoch tief eingeprägt hat. Nach dem Abschiednehmen und den Ratschlägen, die sich wegen des Reiseziels und des Alters derer, die uns verließen, länger hinzogen als sonst, setzte sich der Bus wieder in Bewegung und fuhr die Straße hinauf, die an den Wohnblocks und der Mauer von Colominas entlangführte, bis er hinter ihnen verschwand. Wir, die wir auf der Straße zurückgeblieben waren, schauten ihm die ganze Zeit nach, als könnten wir ihn mit unseren Blicken aufhalten, und erst als er ganz aus unserem Gesichtsfeld verschwunden war, fanden wir unsere Sprache und unsere Bewegungen wieder. Sie kehrten schlagartig zurück, als wären wir sekundenlang zu Statuen erstarrt gewesen und würden jetzt wieder lebendig, als wir den Heimweg antraten und die Landstraße wieder menschenleer zurückblieb. Es war immer noch zu früh, als daß die Einwohner von Olleros auch schon zu Leben erwacht wären.

Wir waren schon fast zu Hause und überquerten gerade den Dorfplatz, der genauso menschenleer war wie die Landstraße, als wir ihn noch einmal sahen. Mein Vater, der voranging (vielleicht um die Tränen meiner Mutter nicht sehen zu müssen, die neben mir ging, schweigend wie ich auch), blieb plötzlich stehen und schaute in die Ferne. Es war immer noch nicht ganz hell. Die Sonne war erst halb über dem Kreuz aufgegangen, und der Mond, der immer noch am Himmel stand, verblaßte zusehends. Es war dieser kurze Augenblick, in dem die Entfernungen verschwimmen und die Lichter mit ihnen verschmelzen. Hinter der Hand meines Vaters, auf dem Paß von Sotillos, wo die Landstraße sich aus dem Tal verabschiedete und in die Welt hinausführte (eine Welt, die mir, von unten gesehen, unermeßlich vorkam), zuckte ein blauer Blitz in den Himmel. Es war der Linienbus, der Widerschein seiner Fenster – und der Augen der Fahrgäste –, der den Horizont erreicht hatte und die Grenze zwischen Nacht und Tag überquerte, die sich in diesem Moment genau an jener Stelle befinden mußte. Er dauerte nur Sekunden – bis der Bus erneut verschwand (diesmal endgültig) –, aber er prägte sich mir so tief ein, daß ich mich heute noch daran erinnere. Vielleicht war dies der Grund dafür, daß ich lange Zeit glaubte, die Welt müsse so blau sein wie jener Blitz oder wie die Fotos im Schaukasten des Kinos, wenn die Zeit über sie hinweggegangen ist (ein Glaube, der durch die Postkarten bestärkt wurde, die mein Bruder regelmäßig aus Madrid schickte: von seinem Gymnasium, von der Statue von Cibeles, von der belebten Gran Vía, und die alle nicht nur denselben Glanz, sondern auch dieselben falschen Farben aufwiesen, solche wie die, mit denen ich die Filmfotos übermalte), und vielleicht ist deshalb auch dieses Blau einer alten Fotografie, das ich einmal vom Gipfelkreuz aus vor mir sah und das so endlos war, daß ich es für das Meer hielt, jenes, das ich mehr als alles andere suchte, als ich Olleros zum erstenmal verließ.

17. Walfleisch

Zum erstenmal verließ ich Olleros, um das Meer zu sehen: an einem Tag im Juli, zu Beginn eines unvergeßlichen Sommers (wegen dieses Tages und der Tage danach), der, wie alle anderen, sehr schnell verging, aber auf diesem Foto festgehalten bleibt, das ein Fotograf am Strand von Ribadesella, in Asturien, am Rande des Kantabrischen Meeres von mir aufgenommen hat.

Ich fuhr im Firmenbus, einem alten DKW in den Farben Blau und Schwarz, den die Leute aus der Gegend *die Glocke* nannten, weil er ihnen während all der Jahre, in denen er seinen Dienst versah, das beste Alarmzeichen war: da er nur dafür eingesetzt wurde, die Ingenieure zur Zeche zu fahren (die Bergarbeiter gingen zu Fuß oder wurden mit zwei alten Autobussen transportiert, die ihre Runde durch das ganze Tal machten), war seine vorzeitige Rückkehr der deutlichste Hinweis darauf, daß etwas Außergewöhnliches passiert war, normalerweise ein Unfall, was unverzüglich Panik unter den Leuten hervorrief und solche Angst unter den Frauen verbreitete, deren Söhne oder Männer unter Tage arbeiteten, daß sie sogleich zur Zeche eilten, um zu sehen, was passiert war.

An jenem Tag war jedoch nichts passiert. An jenem Tag hatte *die Glocke* nur ihre Route geändert und andere Fahrgäste als gewöhnlich aufgenommen und fuhr über den Landstraßen Asturiens den Bergen entgegen; auf ihren Sitzen an die zwanzig Kinder, von denen die meisten zum erstenmal eine Reise unternahmen. Ich erinnere mich noch an den Aufstieg zum Pontón und an den Anblick der Bergkette, die wie auf einer großen Kinoleinwand in den Himmel ragte. Ich erinnere mich an die blinkenden Sonnenstrahlen, die durch die Baumkronen sickerten, und, als wir durch Asturien fuhren, an den durchdringenden Geruch der Linden und des feuchten Lorbeers. Was ich von jener Reise aber am deutlichsten in Erinnerung habe, was mich so beeindruckte, daß ich es bis heute nicht vergessen kann, war der Anblick des Meeres, dieses blauen Glanzes, der nach mehrstündiger Fahrt plötzlich in der Ferne auftauchte.

Ich bin oft an jenen Strand zurückgekehrt (einmal sogar auf demselben Weg wie damals), doch nie wieder habe ich eine solche Ergriffenheit verspürt wie an jenem Tag. Es kam alles zusammen: die beeindruckende Landschaft und Reise, die Nachwirkungen der Müdigkeit (um den Tag zu nutzen, war *die Glocke* schon früh vom Marktplatz in Sabero losgefahren), die Sehnsucht nach einem Meer, das ich nur aus dem Kino kannte, aus den alten Piratenfilmen mit Errol Flynn, die immer mit einer großen Seeschlacht endeten (welche sich manchmal bis in die hinteren Ränge fortsetzte, worüber Señor Mundo sich so erboste, daß er den Film unterbrach und herunterkam, um mit dem Gürtel in der Hand die Ordnung im Saal wiederherzustellen), und vor allem die Aussicht, endlich den Ort kennenzulernen, wo jene gigantischen Tiere lebten, deren festes rotes Fleisch mir, wie meine Mutter versicherte, das Leben gerettet hatte, als ich sechs Jahre alt war: die Wale.

Beauftragt, es mir zu verabreichen, um mich von meiner Blutarmut zu kurieren, hatte sie der Arzt der Zeche, ein sonderbarer Einzelgänger, dessen berufliches Ansehen – das, wie ich später erfuhr, über das Zechengelände und über die Grenzen des Tals weit hinausreichte – nicht einmal durch seinen absonderlichen abweisenden Charakter und seinen Hang zum Trinken getrübt werden konnte (ich glaube sogar, daß sie es eher noch heraushoben). Er verbarg seine Trunksucht nicht, sondern pflegte sie mit Leidenschaft, obwohl mehr als einmal jemand gezwungen gewesen war, seinen Kopf unter einen kalten Wasserstrahl zu halten, damit er eine Entbindung vornehmen oder einem verunglückten Bergmann beistehen konnte. Ich denke immer noch voller Ekel an diese undefinierbare Masse: weder salzig noch süß, weder fest noch sehr zart, oder, besser gesagt, für Fisch zu fest und für Fleisch zu zart. Meine Mutter kaufte sie immer montags in Boñar (wohin sie mit dem Morgenbus fahren mußte, mit dem sie erst am Abend wieder zurückkehren konnte) und kochte mir für die ganze Woche davon. Und die ganze Zeit über lag dieser abscheuliche Meeresgeruch in unserer Wohnung.

Jener Meeresgeruch, an den ich mich jetzt, nach all den Jahren, dank dieses Fotos wieder erinnere und der mich an jenem Tag so unerwartet traf, als *die Glocke* in Ribadesella ankam und zwischen Villen und Palmen, die mir, wie ich mich entsinne, nicht wie Bäume, sondern wie ein seltsames Feuerwerk erschienen, zum Strand fuhr. Es war ein klarer Morgen mit viel Licht und vielen Möwen, und der Strand war voll mit Badegästen, die im Sand lagen und sich sonnten oder gemächlich zwischen den Booten herumschwammen. Wir standen eine Weile da und schauten ihnen zu und gingen dann etwas ängstlich hinunter, um es ihnen gleichzutun. Ich weiß noch, daß ich keine Badehose dabeihatte (bestimmt hatte so gut wie keiner von uns eine dabei: um in der Rinne am Waschhaus der alten Zeche zu baden, brauchten wir keine) und mich sehr schämte, mit meiner Unterhose ins Wasser gehen zu müssen. Aber nach so einer langen Fahrt war ich nicht bereit, nach Hause zurückzukehren, ohne im Meer gebadet und, vor allem, ohne das Element kennengelernt zu haben, in dem jene Ungeheuer lebten, die ich nur aus einem alten Film über Eskimos kannte, der in unserem Kino gezeigt worden war, die aber, wie meine Mutter versicherte, mir das Leben gerettet hatten, als ich sechs Jahre alt war.

Ich habe sie zwar nicht zu sehen bekommen, aber ich entsinne mich, daß ich ihren durchdringenden Geruch von Salpeter und zartem Algenfleisch wahrzunehmen glaubte. Ich suchte sie zwischen den Wellen, ohne ihrer ansichtig zu werden und ohne aus der Ferne ihre Warnrufe zu vernehmen, doch während der nächtlichen Heimfahrt, die ich, in eine Decke eingewickelt (dieselbe, wie man mir später sagte, mit der die verunglückten Bergleute zugedeckt wurden), auf zwei Sitzen schlafend verbrachte, träumte ich von ihnen und von ihren Wasserfontänen. Ein Traum, der sich über die nächsten vier Tage hinzog, während derer ich das Bett hüten mußte, um eine Lungenentzündung auszukurieren, die ich mir auf der Reise geholt hatte (die Scham, die mich nicht daran gehindert hatte, mit Unterhosen ins Wasser zu gehen, hatte mich hinterher jedoch davon abgehalten, sie auszuziehen und trocknen zu lassen) und den mir jetzt diese Fotografie zurückgibt, auf der ich immer noch am Strand zu sehen bin, unbeweglich zwischen den ebenso unbeweglichen Wellen, darauf wartend, daß der Fotograf zurückkehrt, und die Zeit, die er angehalten hat, ihren Lauf wieder aufnimmt.

18. Warten auf Franco

Trotz allem unternahm ich, wie ich mich entsinne, nach zwei oder drei Wochen eine weitere Reise in der *Glocke*. Sie war kürzer als die erste – nur bis zur Kreuzung von Sabero – und dauerte nicht so lange, aber sie war genauso aufregend: nicht nur, daß ich ein weiteres Mal aus Olleros herauskam; diesmal sollten wir den Mann sehen, dessen Foto an der Wand neben dem Kruzifix über die Silentien der Schule wachte und dessen Bild in allen Schulbüchern und allen Wochenschauen zu sehen war: Franco. (An jenem anderen Morgen, an dem zweitausend Soldaten auf dem verschneiten Kasernenhof unbeweglich die Kälte und die endlose Ansprache des Obersten ertrugen, der uns unter Tränen mitteilte, was wir bereits wußten – daß Franco am frühen Morgen nach langem Siechtum gestorben war –, dachte ich deshalb vielleicht nicht an seine Lebensgeschichte oder an seine letzten Auftritte in der Öffentlichkeit, sondern an jenen lange zurückliegenden Morgen, an dem ich zur Landstraße nach Asturien gefahren wurde, um ihn zu sehen.)

Wie zur Fahrt nach Ribadesella, erinnere ich mich, wurde ich auch diesmal schon früh aus dem Bett geholt. Meine Mutter weckte mich, als es noch dunkel war, und es war immer noch dunkel – obwohl man über Peña Corada bereits einen hellen Schimmer sehen konnte –, als mein Vater und ich das Haus verließen, ich in meiner Sonntagskleidung und er in seinem gestreiften Anzug (dem einzigen, den ich je an ihm gesehen habe und den er tausend Jahre trug), um zu den Leuten zu stoßen, die auf der Landstraße bereits die Ankunft der *Glocke* erwarteten: alle Kinder von Olleros, dazu die Lehrer und einige Männer in Bergarbeiterkleidung oder den schwarzen Kitteln des Konsums (offenbar arbeitete niemand an diesem Tag). So mußte *die Glocke* mehrere Male fahren, obwohl einige sogar zu Fuß gingen, um nicht auf ihre Rückkehr warten zu müssen oder aus Angst, zu spät zu kommen. Genau wußte es niemand, aber es hieß, Franco passiere am Vormittag gegen elf die Kreuzung von Sabero.

Ich war schon viel früher da, kam mit der zweiten Fuhre der *Glocke* gegen halb zehn dort an und sah, daß sich bereits eine Menge Leute am Rande der Landstraße und des Weges versammelt hatten, der zu den Kohlenhalden und der Waschtraufe von Vegamediana führte. Es waren Leute aus Sabero und anderen nahegelegenen Dörfern, die zu Fuß gekommen waren und, wie wir auch, Willkommensplakate und spanische Fähnchen trugen; aus Stoffresten und Papier gefertigte Fähnchen, die die Bergwerksgesellschaft am Tag zuvor in den Schulen verteilt hatte und die jetzt die Landstraße in ein rotgelbes Gewoge verwandelten. Es gab auch ein paar große Fahnen, die aus den Fenstern der Bar an der Kreuzung und der daneben liegenden Werkshalle hingen sowie an den Masten der Waschanlage, auf die ein paar Arbeiter geklettert waren, um uns von dort aus zuzuschauen. Alle wirkten sehr nervös, besonders die Lehrer, und speziell mein Vater, der nur damit beschäftigt war, seine Schüler beisammenzuhalten und dafür zu sorgen, daß wir nicht auf die Straße liefen, und die Guardia Civil, die, in Abständen von wenigen Metern vor den Leuten aufgereiht oder zu Pferd, die Landstraße bewachte. Es waren so viele, daß ich glaubte, etwas Schlimmes müsse passieren. Damals wußte ich noch nicht, daß die Bergleute eine Gefahr darstellten; für jene, die über Francos Sicherheit wachten, die größte auf der ganzen Strecke.

Gegen halb elf traf ein weiterer Bus der Guardia Civil ein. Es waren die Vorgesetzten derer, die die Straße freihielten; sie überprüften die Sicherheitsmaßnahmen, und ihre Ankunft trug dazu bei, die allgemeine Nervosität noch zu erhöhen, und ließ uns glauben, der erwartete Augenblick stehe kurz bevor. Allem Anschein entgegen kam jedoch niemand. Dem Anschein entgegen – und dem, was alle Welt, besonders wir Kinder, erhoffte – ließ Franco sich immer noch nicht blicken, und Ungeduld machte sich unter uns breit, die wir seit Stunden dort warteten. Wir sollten jedoch noch eine weitere Stunde warten müssen, bis *Tarzan*, der, um in Übung zu bleiben, auf einen Baum geklettert war, das Alarmzeichen gab:

»Er kommt! Er kommt! Er ist schon an der Kurve!«

Es war Wahnsinn. Mit einem Mal brachen die so lange unterdrückte Erwartung und Ungeduld heraus, und die Leute begannen zu rufen und uns Kleine, die wir in der ersten Reihe standen, zu schubsen, um etwas sehen zu können, während sie zur gleichen Zeit ihre Fähnchen schwangen und Hochrufe auf Franco anstimmten. Das ist alles, wessen ich mich noch entsinne, alles, was auf der Netzhaut meiner Erinnerung eingebrannt blieb, mit Ausnahme des schwarzen Wagens, in dem er saß, wie man mir hinterher berichtete, denn ich hatte überhaupt nichts sehen können, und der Stöße der Uniformierten, die auf diese Weise zu verhindern suchten, daß die Leute zu nahe herankamen. Zu meiner Enttäuschung und Überraschung (und ich glaube auch zur allgemeinen Enttäuschung und Überraschung) fuhr die Fahrzeugkolonne in vollem Tempo vorbei, ohne daß Franco auch nur ganz kurz angehalten hätte, um uns zu grüßen. Bevor ich wieder klar denken konnte, war *die Glocke* schon wieder auf dem Heimweg, und wir mit ihr, auf dem Weg nach Hause.

Am nächsten Tag erfuhr ich im Kino, wohin er gefahren war und warum er nicht angehalten hatte, um uns zu begrüßen. Morán, der Sohn des Polizisten, erzählte uns, Franco habe es so eilig gehabt, weil er Lachse in jenem Fluß fischen wollte, den ich in Ribadesella gesehen hatte, als wir zu Beginn desselben Sommers ans Meer gefahren waren. Morán sagte, Franco sei ein so guter Angler, daß er die Lachse nicht nur zu Dutzenden fing, sondern auch jedesmal den größten Lachs des Jahres angelte. José Luis aus La Herrera, der der Sohn eines Wilderers war und sich aus diesem Grunde damit brüstete, den Fluß besser als sonst jemand zu kennen, meinte, so könne das ja jeder, sein Vater habe ihm erzählt, die Polizisten fingen die Lachse einen Tag vorher mit Netzen und hängten sie dann an die Angel, ohne daß der blöde Franco etwas davon merkte. Am Ende, logisch, hatten José Luis und Morán die schönste Keilerei zugange.

Ich hatte noch nie einen Lachs gesehen (darum sagte ich auch nichts), aber nach dem, was mir erzählt wurde, lebten sie winters im Meer und im Sommer im Fluß, und sie konnten bis zu tausend Kilo schwer werden, woraus ich schloß, daß sie eine Art Wal oder riesige Schlange sein mußten und daß deshalb nur Franco sie angeln konnte. Aus demselben Grunde vielleicht (und weil ich ihn ebensowenig wie die Wale hatte sehen können, sondern nur das Auto, in dem er fuhr) glaubte ich lange Zeit, Franco müsse genauso riechen wie dieses Fleisch, dessen weichen süßlichen Geruch von Fieber und Algenbrot seit der Fahrt nach Ribadesella der Anblick der *Glocke* immer in mir wachrief; der Anblick dieses alten DKW in den Farben Blau und Schwarz, hinter dessen Fenstern ich, ein Fähnchen schwenkend und in die Kamera blikkend, mit vielen anderen Menschen zu sehen bin, auf diesem unscharfen und auf einer Seite verschlierten Foto (vermutlich, weil es aufgenommen wurde, als *die Glocke* sich schon in Bewegung gesetzt hatte) von jenem Tag, an dem man mich zur Landstraße nach Asturien gebracht hatte, um Franco vorbeifahren zu sehen.

19. Das Compostelaner Orchester

Wer aber kam und blieb (die ganzen Feiertage über und in meiner Erinnerung über Jahre), war das Orchester, das an jenem Tag schon überall durch Plakate angekündigt wurde. Es kam, wie der Name schon besagte, aus Compostela in Galicien und bestand aus dreiundzwanzig Musikern, was bis dahin auf den Dorffesten der Gegend nicht gerade üblich war. In den kleineren Ortschaften hatten die Musikkapellen normalerweise höchstens drei oder vier Mitglieder, wie die von Martiniano, und in den größeren sechs oder sieben, vielleicht noch mit einem Sänger. Die größte, die man im Tal je gesehen hatte, war eine, die einmal nach Sabero geholt wurde und aus dreizehn eleganten, adrett uniformierten Musikern bestand.

Das war offenbar vor zwei oder drei Jahren passiert, und von da an war die Qualität des Orchesters – oder besser gesagt, die Quantität – ein weiterer Anlaß für die bestehende Rivalität zwischen Sabero und Olleros, den beiden größten Ortschaften, die aus diesem oder anderen Gründen immer im Zwist lebten: wenn Sabero eines mit acht Musikern beibrachte, dann Olleros eines mit zehn; wenn Sabero eines mit zehn, dann Olleros eines mit elf; wenn Sabero eines mit elf, dann Olleros eines mit zwölf oder dreizehn oder vierzehn oder soviel eben nötig waren. Der Streit um die Vorherrschaft, der sich auf alle Bereiche erstreckte und seinen Ursprung in sehr alten, tief verwurzelten Ursachen hatte (die beiden Orte, kaum drei Kilometer voneinander getrennt und durch die Kohle vereint, von der beide lebten, beneideten und haßten sich – Sabero war das Verwaltungszentrum, aber Olleros war größer – und fochten in ihren Streitigkeiten nicht so sehr eine schlichte Dorfrivalität als vielmehr die zwischen ihnen bestehenden Klassenunterschiede aus: In Sabero war der Sitz des Unternehmens und in Olleros die Kohle; in Sabero wohnten die Ingenieure und in Olleros die Bergarbeiter; in Sabero gab es Gärten und in Olleros Abraumhalden; Sabero hatte fast alles und Olleros fast nichts), dieser Streit wurde in jenem Sommer zumindest an der einen Front beendet, als für das Fest in Olleros das *Compostelaner Orchester* engagiert wurde, die berühmteste und meistgefeierte Musikkapelle Galiciens, und, wie die Leute sagten, die größte von ganz Spanien.

Ich erinnere mich noch gut an das Plakat, das sie ankündigte; in drei Reihen hintereinander jeweils auf einer Stufe vor der Kathedrale von Santiago aufgestellt, lächelten die dreiundzwanzig Mitglieder des Orchesters mit dem Sänger an der Spitze in die Kamera, und sie waren alle gleich gekleidet: weißes Hemd, blaue Hose, paillettenbesetztes Jackett und breitkrempiger Hut, jeder mit seinem Instrument, und daneben der Autobus, mit dem sie fuhren; ein riesiger, ebenfalls blauer Bus mit dem Namen und dem Emblem des Orchesters auf den Seitenfenstern, der am Vorabend des Festes unter dem erwartungsvollen Lärmen Hunderter von Menschen, die wir zu seinem Empfang gekommen waren, seinen Einzug in Olleros hielt. Es waren mehr Leute versammelt als an dem Tag, an dem Franco durchkam. Auf dem Hügel am Ortseingang von Olleros hatten sich bei den ersten Häusern im Laufe des Nachmittags die Leute versammelt, und so kam es auf der Landstraße zu einer kleinen Vorfeier des beginnenden Fests. Es war sogar ein Eisverkäufer da, der sich mit seinem Wägelchen sofort vom Dorfplatz aus dorthin begeben hatte, und einige trugen Mützen mit dem Namen des Orchesters und seinem Emblem, einer Pilgermuschel, und sogar Schilder mit Willkommensgrüßen, die wahrscheinlich auf die Rückseite der zuvor für Franco bestimmten geschrieben waren. Martiniano stand ganz schweigsam ebenfalls unter den Wartenden, sicherlich mit der Neugier und dem Neid dessen, der nie einen so großartigen Empfang bekommen hatte und ihn auch nie bekommen würde.

Als am nächsten Tag das Fest eröffnet und das Orchester vorgestellt wurde, waren noch mehr Menschen da. Leute aus allen Dörfern, darunter ziemlich viele aus Sabero, die wie Martiniano ihren Neid nicht verhehlen konnten, obwohl sie sich nichts anmerken ließen, und natürlich alle Einwohner von Olleros, von denen einige, vor allem die Älteren, Stühle von zu Hause mitgebracht hatten, um im Sitzen zuhören zu können, füllten den Platz bereits über zwei Stunden, bevor das *Compostelaner Orchester* zu spielen beginnen sollte. Ich suchte mir einen privilegierten Platz. Ich hätte es von zu Hause aus sehen können, denn der Konzertpavillon, der in diesem Jahr besonders groß war (wie ich mich entsinne, hatten sie für den Aufbau fast eine Woche gebraucht), befand sich genau unterhalb unserer Wohnung, aber ich dachte, daß die Zeltplane, die ihn überspannte, und die Menschentraube, die sich bestimmt an jedem Fenster bilden würde, mich daran hindern könnten, das Orchester ungestört zu sehen, und so kroch ich mit Balboa unter den Pavillon, bevor er sich füllte. Es war der bevorzugte Platz der Kinder und sogar einiger Männer, denn von dort aus hörte man die Musik am besten und konnte den ganzen Platz überblicken, und vor allem, wenn die Festkönigin gewählt wurde, was am ersten Tag durch eine demokratische Abstimmung geschah (die Mädchen defilierten durch den Pavillon, und die Leute applaudierten je nachdem, wie sie ihnen gefielen), konnten wir durch die Ritzen zwischen den Brettern auch die Beine und die Unterhöschen der Kandidatinnen sehen.

Nie werde ich den Augenblick vergessen, als das Orchester zu spielen begann, und auch nicht das Lied, mit dem sie anfingen, nachdem sie uns begrüßt und sich vorgestellt hatten. Auf dem Bauch liegend und eingekeilt im Gewühl der Leute, die sich dort hineingezwängt hatten (wenn es oben dreiundzwanzig waren, so waren wir da unten dreimal soviel), hörte ich den ersten Akkord, als wäre die Welt in diesem Augenblick plötzlich stehengeblieben und als geschähe auf ihr einzig und allein das, was auf jenem Platz gerade vor sich ging. Die Musik war machtvoll, eindringlich, verletzlich wie eine große Seifenblase, die den Pavillon umhüllte und vom Boden emporhob und uns mit ihm durch die Lüfte trug. Durch die Ritzen zwischen den Brettern sah ich die Schuhe der Musiker, die den Takt schlugen, und es kam mir vor, als marschierte ein Heer über eine Wolke, unter der wir uns zusammengeduckt hatten: *Tariro-riro-riro-tiroriro! / Tariro-riro-riro-tiroriro! / Tararí-rorí-rorí-rorí! / Tirori-rorí! . . . / Ta-rirorí-roriro-tariro-rorí! / Ta-rirorí-roriro-tariro-rorí! / Tiro! / Tariro-riroriro! / Tariro-riroriro! / Tariro! / Tarí . . . !*

Als das Stück zu Ende war, das kaum eine Minute dauerte, mir aber wie eine Ewigkeit vorkam, blieb auf dem Platz eine tiefe Stille zurück. Alle, wirklich alle, hatten wir für diese Zeit keinen Mucks von uns gegeben, und die Stille, die dem letzten Akkord folgte, war so brutal, daß sie gleich zu explodieren schien. Daran gehindert wurde sie durch das Geschrei, das dann losbrach, und den ohrenbetäubenden Applaus der Leute auf dem Platz, für diese Demonstration der Stärke, mit der das *Compostelaner Orchester* an jenem Augustabend des Jahres 1964 seinen Auftritt in Olleros begann. Der Auftritt ging sofort mit einem neuen Lied weiter, diesmal schon von dem Sänger interpretiert, der im Gegensatz zu den übrigen Musikern ganz in Weiß gekleidet war, und setzte sich bis zum frühen Morgen fort, unterbrochen nur von kurzen Pausen, damit die Musiker einmal verschnaufen oder den Anzug wechseln konnten (eine weitere Attraktion des Orchesters war die Vielfalt nicht nur seines Repertoires, sondern auch seiner Garderobe). Die Leute waren so beeindruckt, daß sie nicht einmal tanzten. Sie schauten nur zu und beklatschten jedes Lied, als handle es sich um ein Konzert und nicht um die Tanzveranstaltung eines Dorfes, das sein alljährliches Fest feierte.

Eine ganze Woche lang – so lange dauerte das Fest, weil es in diesem Jahr natürlich um mehrere Tage verlängert wurde – lähmte das *Compostelaner Orchester* das Leben in Olleros und brachte sogar den Lärm der Kneipen und der Tombolastände zum Erliegen, die in ungewohnter Anzahl den ganzen Platz und sogar einige der umliegenden Straßen und Brachflächen füllten. Vom ersten Abend an gewann das Orchester die Zuneigung des

Dorfes, das ein ganzes Jahr hart gearbeitet hatte, um es bezahlen zu können, und als Gegenleistung versuchte das Orchester dem Dorf die Anstrengungen, die es hierfür unternommen hatte, und die Zuneigung, die es ihm bezeugte, in Form von Musik zurückzugeben. Jeden Nachmittag nach der Siesta oder der Rückkehr von der Arbeit (trotz des Festes ruhte der Betrieb im Bergwerk nicht) versammelten sich die Leute vor dem Pavillon, jedesmal früher und jedesmal mit mehr Stühlen, um im Sitzen zuhören zu können (am Schluß sah das aus wie ein Konzertsaal, nur ohne Logen und unter freiem Himmel), und während des ganzen Abends lauschten sie regungslos dem reichhaltigen Repertoire, das die Musiker für sie abspulten und immer mit dem Lied aus ihrer Heimat beendeten, welches sie zu ihrem Banner erhoben hatten und das als Erinnerung an jenen Sommer in unser Gedächtnis eingegraben blieb: *Nach Santiago geh ich leichten Fußes / und mit meinem Regenschirmchen, falls mich der Regen näßt… / Nach Santiago geh ich leichten Fußes, seufzend / nach Carmela, meinem Mädchen, das in Compostela mich erwartet… / Ich erklimme Berge und durchquere Täler, immer ein Lied auf den Lippen! / Schon umschmeichelt mich das Grün, denn Galicien ist nah!… / Nach Santiago geh ich…*

Mit diesem Lied verabschiedeten sie sich am letzten Abend von uns, um fünf Uhr morgens, und mit diesem Lied verabschiedeten wir sie am nächsten Tag, als der blaue Bus für immer aus unserem Leben entschwand und den schönen Traum jenes Sommers mit sich nahm. Es ist deshalb nicht verwunderlich, daß das *Compostelaner Orchester* lange Zeit für viele von uns die schönste Erinnerung blieb, die wir im Gedächtnis behielten (einige, wie ich, sogar als Fotografie: diese hier, auf der ich mit ein paar anderen Jungen auf das Podium gestiegen bin, um dem Orchester bei den Vorbereitungen zuzuschauen), und auch nicht, daß, als kurz darauf in Olleros die Nachricht vom Unfall in Galicien eintraf, bei dem die Hälfte der Musiker das Leben gelassen hatte, eine vom ganzen Ort bezahlte Messe für sie gelesen wurde, an der sogar Leute teilnahmen, die sonst nie in die Kirche gingen und dies später bestimmt auch nicht für Franco taten.

20. Der Streik
(Film für Erwachsene)

Bis zu diesem Jahr hatte ich die Leute eigentlich noch nie über Franco sprechen hören. Ich sah ihn zwar jeden Tag – auf dem Foto im Klassenzimmer und in Büchern – und hörte seinen Namen andauernd im Radio, doch da ich nicht wußte, wer er war, ich meine, was für eine Rolle er spielte, achtete ich nie darauf. Als ich ihn später vor Filmbeginn in den Wochenschauen sah, hielt ich ihn für einen Schauspieler wie Charlie Chaplin oder Dick und Doof, nur nicht so witzig.

Richtig von ihm sprechen gehört habe ich erst in jenem Sommer. Zumindest habe ich damals angefangen, ihm mehr Aufmerksamkeit zu schenken und mich über das hinaus zu interessieren, was in den Büchern stand und im Radio von ihm gesagt wurde. Wenn früher von ihm die Rede war (mein Vater erwähnte ihn manchmal in der Schule, nie zu Hause; aber Don Aniceto, unser Nachbar, in dessen Klasse ich kam, als ich acht wurde, ließ uns täglich für ihn beten), dachte ich, er wäre so etwas wie El Cid, nur viel kleiner. Zu dieser Annahme hat sicherlich das Foto beigetragen, das auf der ersten Seite des Lexikons zu sehen war, des einzigen Buches, aus dem wir lernten, und das Franco mit zum Himmel gerichtetem Blick und einem weißen Umhang über den Schultern, mit einer eisernen Rüstung und einem gewaltigen Schwert in den Händen zeigt. Ein Foto allerdings, das mich schon zwei Zähne gekostet hatte, bevor ich überhaupt wußte, wer Franco eigentlich war: Don Aniceto überraschte mich eines Tages dabei, wie ich mit der Zunge über das Bild fuhr (bestimmt war mir langweilig, und ich vertrieb mir damit die Zeit) und riß mich aus meinen Gedanken, indem er meinen Kopf auf die Tischplatte stieß.

Nach jenem Tag an der Kreuzung fing ich an, mir über manches klar zu werden. Seit die Nachricht zu uns gedrungen war, wurde in Olleros über nichts anderes mehr gesprochen, und in der Schule bleuten uns die Lehrer Tag für Tag die Lektion ein, mit der auch unser Lexikon begann, dieselbe, in der auch dieses Foto vorkam, bis wir sie auswendig kannten. Alles in allem hieß es darin, daß Franco ein guter Mensch war, daß er einen Krieg gewonnen hatte und daß er Spanien gerettet hatte und daß wir Spanier es ihm zu verdanken hatten, daß wir friedlich leben konnten und daß wir stolz darauf sein konnten, in Spanien geboren zu sein. So gesehen, war das mit meinen Zähnen von untergeordneter Bedeutung, und ich verzieh es ihm sofort, vor allem, nachdem Don Aniceto meinem Vater zwei Fünfer gegeben hatte (einen für jeden Zahn, nehme ich an), damit er sie an mich weitergab. Was ich ihm nicht verzieh – nicht Don Aniceto, sondern Franco –, war, daß er an der Kreuzung von Sabero vorübergefahren war, ohne uns zu begrüßen, vor allem aber, daß er zwei oder drei Monate später die Guardia Civil nach Olleros schickte, um uns zu bestrafen.

Das war im Spätsommer, knapp einen Monat nachdem das *Compostelaner Orchester* abgereist war. Ich weiß noch, daß es derselbe Tag war, an dem die Schule wieder begann und eine mehrtägige Regenzeit einsetzte, die den Dorfplatz und das ganze Dorf in ein Meer von

Morast verwandelte. Eines Nachts jedoch hörte ich kurz vor dem Morgengrauen Geräusche auf dem Platz. Ich wachte auf. Es war sonderbar. Es war das erste Mal, daß ich so früh Geräusche hörte (der Dunkelheit nach zu urteilen, war es noch zu früh, als daß die Bergleute von der Arbeit zurück kommen konnten). Das Fenster meines Schlafzimmers ging direkt auf den Dorfplatz hinaus, und dort sah ich eine Abteilung der Guardia Civil in ihren Regenumhängen durch den Schlamm stapfen. Es waren viele, fast so viele wie an dem Tag bei Franco. Wie an jenem Tag trugen sie auch jetzt Maschinenpistolen, und ihre Dreispitze funkelten im Regen, als wären sie aus Glas (schwarzes Mondglas, dachte ich, als träumte ich noch). Als sie die Schule erreichten, verteilten sie sich, und während einige weitergingen, traten andere unter die Bögen oder postierten sich an den Straßenecken, als warteten sie auf jemanden. Mehr konnte ich nicht sehen, dies ist das einzige deutliche Bild, das mir von jener Nacht geblieben ist, als wäre es ein im Lauf der Zeit verblichenes Filmfoto aus dem Schaukasten, denn plötzlich stürmte meine Mutter ins Zimmer, schloß die Fensterläden und schickte mich zurück ins Bett.

An die Handlung des Films, die Geschichte, die hinter diesem Standfoto und hinter den Fensterläden unseres Hauses verborgen blieb, erinnere ich mich jedoch noch schwach. Es war im September 1964. Seit mehreren Tagen regnete es in Olleros in Strömen, und seit mehreren Tagen war die Atmosphäre merkwürdig geladen. Ich wußte nicht, was vorging. Ich wußte zwar, daß etwas im Gange war, wegen der Stille auf den Straßen und sogar in den Geschäften und Bars und weil mein Vater in der letzten Zeit sehr ernst war, aber da mir niemand etwas sagen wollte und man mich nicht einmal Fragen stellen ließ (ich weiß noch, daß mein Vater mir eines Tages eine Ohrfeige gab, weil ich ihn beim Essen mit meinen Fragen belästigte), fing ich an, die Leute zu belauschen und versuchte, irgendein Gespräch aufzuschnappen, um dahinterzukommen, was los war. Das tat ich nicht zum ersten Mal. Auf dieselbe Weise hatte ich vor ein paar Jahren herausgefunden, daß meine Mutter wieder ein Kind bekam (eine Neuigkeit, die mir, soweit ich mich erinnern konnte, das größte Unbehagen seit langem verursachte), und so hatte ich auch in Erfahrung gebracht, wie die Kinder zur Welt kommen und woher meine neue Schwester kam. Auf diese Weise also, indem ich mir meine Unscheinbarkeit zunutze machte und heimlich den Nachbarn lauschte, erfuhr ich, daß die Bergarbeiter zum erstenmal seit dem Krieg in Streik treten wollten, und, vor allem, zum erstenmal seit Franco in Spanien regierte. Eines Abends hörte ich zwei Bergleute nach der Arbeit darüber sprechen. Sie standen in einem Torweg und wußten nicht, daß ich hinter einer der Türen lauschte, wie ich schon oft Liebespaare belauscht hatte, wenn sie sich dort voneinander verabschiedeten, bevor sie nach Hause gingen.

An diesem Abend kehrte ich mit angestachelter Neugier heim. Es war das erste Mal, daß ich jemanden vom Streik hatte reden hören (ich wußte nicht einmal, was das Wort bedeutete), und vor allem hatte ich zum erstenmal gehört, daß schlecht über Franco gesprochen wurde. Bisher hatte ich, sowohl in der Schule als auch im Kino, nur Schmeichelhaftes über ihn gehört. Darum verstand ich gar nichts mehr. Obwohl mir seine letzte Antwort noch überaus gegenwärtig war, fragte ich meinen Vater.

Ich weiß noch genau, daß wir beim Abendessen saßen. Die Frage überraschte ihn, er warf meiner Mutter einen kurzen Blick zu, musterte mich von oben bis unten und fragte, wie ich darauf kam. Sein Ton verriet mir sogleich, daß ihm meine Frage nicht gefallen hatte. Aber jetzt konnte ich nicht mehr zurück; ich hatte den Mund aufgemacht und konnte jetzt nicht einfach schweigen. Ich erzählte es ihm. Ich sagte es ihm. Was ich von den beiden Bergleuten gehört hatte (natürlich nicht, unter welchen Umständen) und was ich mir seit einiger Zeit selbst gedacht hatte: daß jemand nicht gut sein konnte, der niemals lachte und immer nur schlecht gelaunt war. Ich sprach natürlich von Franco. Mein Vater stand auf und sah mich an. Ich dachte, er würde mich schlagen. Aber ich irrte: er holte sich eine Zigarette. Dann setzte er sich wieder und schwieg eine ganze Weile. Bis meine Mutter aus dem Zimmer ging. Als Mutter ging, schaute er mich wieder an und bat mich, ihm zu versprechen, das, was ich ihm gesagt hatte, niemandem weiterzuerzählen. Ich versprach es ihm, klar. Ohne von meinem Teller aufzublicken. Ich war so verschreckt, daß ich ihn nicht einmal anzusehen wagte.

In jener Nacht, entsinne ich mich, konnte ich lange nicht einschlafen. Ich verstand nicht, was los war. Ich wußte nur, daß alles äußerst merkwürdig war und daß ich, ohne zu wissen warum, Franco zu hassen begann. Gründe genug hatte ich. Allein in den letzten zwei Monaten hatte ich seinetwegen zwei Zähne verloren, mein Vater hatte mich geschlagen, ich hatte eine Wette verloren (mit Ibarra am Tag auf der Kreuzung: ich hatte gesagt, Franco hielte an), und hinzu kam noch, daß die Bergleute einen Streik beginnen wollten; ich wußte zwar nicht, was das war, aber ich argwöhnte etwas Schlimmes, unter anderem deswegen, weil mein Vater höchst besorgt aussah. Vielleicht lag ich in dieser Nacht und in den folgenden Nächten deshalb so lange wach und wartete, was passierte, wie einmal Weihnachten, als ich mir vornahm wachzubleiben, um das Christkind zu sehen.

Aber nicht das Christkind weckte mich, sondern die Guardia Civil. Es war in der dritten oder vierten Nacht. Ich sah sie im Regen der Morgendämmerung über den Dorfplatz marschieren und begriff, daß der Streik begonnen hatte. Ich merkte es an der großen Anzahl, in der sie angerückt waren, und weil es so aussah, als suchten sie jemanden (möglicherweise die beiden Bergleute, die ich belauscht hatte). Danach war meine Mutter gekommen und hatte mich wieder ins Bett geschickt, und ab da mußte ich mir den Rest des Films zusammenreimen. Das tat ich zumindest in jener Nacht (in der ich nicht mehr einschlafen konnte) und während einer ganzen Weile danach noch, bis ich ihn schließlich vergaß: wie bei den Filmen für Erwachsene, wollte mir auch diesen niemand erzählen. Vielleicht erinnere ich mich deshalb jetzt, nach so langer Zeit noch daran, wenn ich dieses Foto anschaue, auf dem Miguel und ich auf einer Holzbank bei der Kirche sitzen und die Guardia Civil vorbeiziehen sehen, an dem Tag, an dem die Bergleute eine Abraumhalde angezündet hatten, um ihre Schutzpatronin, die Heilige Barbara, zu ehren. Denn dieses Foto ist alles, was von jenem ersten Streik, dem ersten, den ich mitbekam, und dem ersten, den sie ausgerufen hatten, seit Franco in Spanien regierte, geblieben ist. Wenn auch ich meinem Vater gehorcht und strenges Stillschweigen bewahrt hatte, obwohl mir niemand eine Erklärung geben wollte, hatte es jemanden gegeben, der das nicht getan hatte, und die Bergwerksgesellschaft brach den Streik ab, bevor er begonnen hatte.

21. Judas auf der Straße

Wer der Verräter gewesen war, erfuhr man nie, obwohl verschiedene Namen genannt wurden, darunter auch der eines Mannes, der aus Asturien gekommen war, um den Streik zu organisieren, und der einen Tag vorher verschwand. Man munkelte sogar, die Bergwerksgesellschaft selbst habe ihn als Spitzel eingeschleust, um mit seiner Hilfe herauszufinden, wer von den Bergleuten am Streik beteiligt war. Wer immer der Schuldige sein mochte, seit damals jedenfalls änderte sich das Leben in Olleros, und die Leute wurden mißtrauisch. Sie sprachen mit gesenkter Stimme, betrachteten einander argwöhnisch und wechselten das Thema, wenn ich hinzukam. Nicht umsonst hatte jenes Erlebnis einige von ihnen den Arbeitsplatz gekostet und anderen, wie *Tarzan*, ein paar Hiebe von den Dreispitzen eingebracht.

Ich hatte inzwischen herausgefunden, was ein Streik war und warum dieser gescheitert war, und ich versuchte mir die ganze Zeit über vorzustellen, was das für ein Mann gewesen sein mußte, der fähig war, alle anderen zu hintergehen und seine Kameraden zu verraten, und dem es egal war, was aus ihnen wurde. Ich stellte ihn mir vor wie einen Finsterling, der um die Ecken schlich, einem nicht in die Augen schauen konnte und immerzu auf der Hut war. Geboren wurde meine Vorstellung, wie auch mein Haß auf Franco, aus den Illustrationen des Lexikons; insbesondere aus einer aus dem Leben Jesu, dem ein eigener Teil gewidmet war, und auf der Judas mit hinterhältigem Blick zu sehen war, wie er hinter einem Baum verborgen Jesus nachspionierte.

So wie er sahen einige in Olleros aus. Da war der Vater von Ibarra, der immer vornübergebeugt ging; und *Sevilla*, der mit den Maultieren, der mit keinem Menschen ein Wort sprach; und Ordás, der hinkende Friseur; und Silva, aus Colominas, der ein verdrehtes Auge hatte, und wenn er dich anschaute, sah es so aus, als blicke er ganz woanders hin. Wie die Detektive in den Filmen, beschattete ich sie mehrere Tage lang. Ich lauerte ihnen zu Hause auf und folgte ihnen bis zur Bar oder wo immer sie hingingen, beobachtete, was sie taten und wen sie auf der Straße trafen. Meine Überwachung zeigte jedoch nicht den geringsten Erfolg. Die vier taten immer das gleiche: Sie gingen zur Arbeit, kamen wieder nach Hause, zogen sich um, gingen in die Bar und von der Bar wieder nach Hause, außer sonntags, wenn nicht gearbeitet wurde und sie sich den ganzen Tag lang in den Bars herumdrückten, sich mit immer denselben Leuten unterhielten, nur *Sevilla* nicht, der mit den Mauleseln, der mit keinem Menschen redete, weil er bestimmt nichts anderes gewohnt war als den Umgang mit seinen Tieren. Vielleicht war ich es auch einfach nur leid, ihnen den ganzen Tag lang von Bar zu Bar nachzulaufen, ohne was Interessantes herauszufinden; ich hörte jedenfalls damit auf und konzentrierte meinen ganzen Argwohn auf *Judas*, der zwar nicht in der Zeche arbeitete (in Wirklichkeit arbeitete er überhaupt nicht mehr), aber wenigstens den Namen eines Verräters trug und einem solchen auch recht ähnlich sah.

Judas war ein Säufer, der in einem alten Haus in Colominas wohnte, direkt neben den Schweineställen. Er lebte allein, hatte keine Nachbarn, nur einen mageren schwarzen Hund, und wenn er eine Bar betrat, machten ihm alle Platz: er stank so unerträglich nach Wein, daß es niemand in seiner Nähe aushielt. Wir Kinder hatten Angst vor ihm, weil man uns gesagt hatte, er sei der Buhmann und stehle Kinder, um ihnen das Fett auszusaugen (ich weiß nicht, wozu er das brauchte), und so sind wir ihm nie zu nahe gekommen. Ihm selbst hat das nichts ausgemacht; er spielte das Spiel sogar mit und hatte seine Freude daran, uns zu erschrecken: er riß den Mund auf und bleckte seine schwarzen Zähne und tat, als wolle er uns jagen, wobei er sich meistens selbst kaum auf den Beinen halten konnte. Seinen Spitznamen hatte er nicht nur wegen seiner Ähnlichkeit mit Judas, sondern aufgrund einer der berühmtesten und wohl auch grausamsten Anekdoten in seiner ohnehin schon glücklosen Anekdotensammlung. Jedes Jahr, frühmorgens am Ostersonntag, hängten die Bergarbeiter auf der Landstraße eine in Lumpen gekleidete Strohpuppe auf, die einem alten Brauch nach den Tod des Judas darstellte und das Ende der Fastenzeit verkündete. Es handelte sich um eine Dorftradition offenbar religiösen Ursprungs, bei der es aber schon bald sehr weltlich zuging: am nächsten Tag, nach der Messe, bewarfen wir Kinder, unter dem Wohlwollen derer, die ihn aufgehängt hatten, den Judas mit Steinen, bis er, ein Haufen Stroh und Kleiderfetzen, auf die Straße fiel; danach verbrannten wir ihn. In einem Jahr jedoch lag *Judas*, der damals noch nicht so hieß (seinen richtigen Namen habe ich nie erfahren), offenbar im Straßengraben und schlief seinen Rausch aus, und die anderen, die sicher ebenfalls betrunken waren, beschlossen, ihn anstatt der Strohpuppe, die sie mit sich führten, aufzuhängen. Anscheinend hatte er von alldem nichts mitbekommen und schlief immer noch seinen Rausch aus, als die Leute am Sonntag aus der Messe kamen und wie jedes Jahr zur Landstraße gingen, um den Judas zu sehen. Ich nehme an, daß er zumindest in jenem Jahr nicht gesteinigt wurde.

Mit dieser Vorgeschichte, zu der noch hinzukam, daß er, genau wie *Sevilla*, nie mit einem Menschen redete, war es nicht verwunderlich, daß dieser Mann gleich mein Hauptverdächtiger wurde und ich ihm, als solchem, nachzuschleichen begann. Anfangs machte es mir angst – wegen der Geschichten vom Kinderräuber und weil er so einsam und abgelegen wohnte –, doch dann siegten meine Neugier, die Risikolust und mein Eifer, herauszufinden, was sein Geheimnis war. Warum sonst war er immer allein unterwegs und warum war noch nie jemand in seinem Haus gewesen? (Was ich damals noch nicht wußte, und was ich erst später herausfand, als *Judas* bereits tot war und ich wußte, daß Verräter nicht wie Verräter aussehen, ist, daß alles, was er verbarg, eine große Einsamkeit war und ein Leben, in dem es nur den Wein gab und die Erinnerung an eine Frau, die sehr jung gestorben war, und die an den Sohn, den sie gehabt hatten und der erst fünfzehn Jahre alt gewesen war, als er im Bergwerk zu Tode kam.)

Als ich es betrat – sein Haus, meine ich, obwohl ich damit auch in sein Leben eintrat –, hatte ich ihm schon mehrere Tage lang nachspioniert. Den Streik, der der Grund dafür gewesen war, daß ich ihm nachstellte, hatte ich damals sicher schon längst vergessen, und ebenso sicher auch hatte er längst gemerkt, was ich trieb, obwohl er mir nie etwas gesagt hat. Durch meine Beobachtungen kannte ich seinen Tagesablauf, und eines Tages nutzte ich die Zeit, zu der er in den Stall ging, um das Schwein zu füttern, und betrat sein Haus. Ich erinnere mich noch gut an jenen Nachmittag. Die Erinnerung daran ist so stark und so lebendig, daß sie manchmal noch in meine Träume zurückkehrt wie die Fotos im Schaukasten des Kinos, in tausend Bilder zerstückelt. Das Haus war vollkommen finster, voller merkwürdiger Gegenstände und mit einem durchdringenden Geruch nach verfaulten Äpfeln erfüllt, den ich sogleich dem Fett zuschrieb, das er, wie die Leute sagten, den Kindern aussaugte und in Säcken nach Korea schickte (ich weiß nicht, warum nach Korea, aber ich weiß noch, daß mich das an jenem Nachmittag, als ich in seinem Haus war, am meisten ängstigte). Ich tastete mich mit pochendem Herzen an den Wänden entlang, gelangte durch einen Flur zum hinteren Zimmer, aus dem der Geruch drang, und ich stand schon im Begriff, es zu durchstöbern, als ich hinter mir ein Geräusch vernahm. Fast wäre ich ohnmächtig geworden. Hätte ich nicht soviel Angst gehabt, wäre ich auf der Stelle zu Boden gesunken und hätte nichts dagegen unternommen, daß *Judas* mir den Bauch aufschlitzte wie einem Schwein und mir das Fett unter der Haut absaugte, denn, davon war ich überzeugt, darum war er gekommen. Er war es nämlich, der jetzt leibhaftig hinter mir stand. Er schaute mich sehr ernsthaft an, ohne ein Wort zu sagen, als erstaune es ihn, daß jemand sein Haus betrat, wohl wissend, was ihn erwartete. Doch während ich erwartete, daß er ein Messer zückte und sich mit wie Kohlen glühenden Augen über meinen Hals hermachte, schaltete er nur das Licht im Flur ein und fragte mich sehr ernsthaft, was ich in seinem Haus tue.

Ich weiß nicht mehr, was ich ihm erzählte. Ich war so starr vor Schrecken, daß ich kein Wort herausbrachte, und ich weiß nur noch, daß ich krampfhaft versuchte, ihn nicht anzusehen. Er muß das wohl gemerkt haben (offenbar war er an jenem Tag noch nicht betrunken), und um mich zu beruhigen, gab er mir eine Birne, die er aus seiner Manteltasche holte und die das erste Geschenk von vielen war, die er mir noch machen sollte. Denn von jenem Tag an wurden *Judas* und ich Freunde. Freunde und Vertraute. Angst und Mißtrauen waren verschwunden, und ich besuchte ihn häufiger (ich entsinne mich noch, daß ich ihm eines Tages sogar half, das Zimmer mit dem Fett, das nichts anderes als die Küche war, zu säubern, und daß wir dabei unter dem Tisch einen Füllfederhalter seines Sohnes fanden, aus der Zeit, als dieser noch zur Schule ging, und der wäre zu dem Zeitpunkt, wenn er noch leben würde, an die vierzig Jahre alt gewesen), und er nahm mich zum Pilzesuchen mit in die Berge oder in den Schweinestall, um das Schwein zu füttern, welches das einzige war, von dem er jedes Jahr das Fett nahm. So erfuhr ich allmählich aus seinem Leben, was er mir davon erzählen wollte, und so erfuhr ich auch, daß er, entgegen allem, was ich mir vorgestellt hatte, nie jemanden verraten hatte. Im Gegenteil: er war der Verratene. Vom Leben und von den Menschen, für die er dennoch keinerlei Haß empfand. Der einzige Feind, den ich habe, sagte mir *Judas* einmal, als wir vom Schweinestall aus die Abenddämmerung betrachteten, ist dieser – dabei zeigte er mir die Weinflasche –, der hat mich einsam gemacht, und ich weiß auch, daß er mich eines Tages umbringen wird.

Er tötete ihn in einer Winternacht, als er, was er manchmal tat, im Schweinestall schlief, wie immer betrunken. Man fand ihn nach zwei Tagen, nachdem man die Tür aufgebrochen hatte, weil den Leuten aufgefallen war, daß der Hund sich nicht von dort fortbewegte und die ganze Nacht über heulte (ihn selbst hatte man nicht einmal vermißt). Ich war zu der Zeit schon Ministrant und mußte den Priester begleiten, um ihm in dem schmutzigen Schweinestall inmitten von Kaninchen und dem uns anglotzenden Schwein die letzte Ölung zu geben. Ich weiß noch, daß ich am nächsten Tag, als wir vom Friedhof zurückkamen, den Hund fütterte, der noch immer vor der Schweinestalltür saß und heulte, und dann nach Hause ging. Seitdem, und bis ich Olleros verließ, habe ich nie mehr Steine auf den Judas geworfen, obwohl alle anderen Kinder das, genau wie ich auf dieser Fotografie, am Ostersonntag auch weiterhin taten.

22. Tango

Judas war keineswegs der erste Tote, den ich sah. Nicht einmal der erschütterndste. Ich hatte Celino gesehen und Miguel Angel, der noch im Führerhaus des väterlichen Lastwagens saß, als die Kräne von der Zeche ihn endlich hochhievten, und die zahllosen Bergleute, die in jenen Jahren starben und bei deren Bergung ich zugesehen hatte; und ich hatte *Tango* gesehen. Tatsächlich war ich der erste gewesen, der ihn tot gesehen hatte, und auch der letzte, der ihn noch lebend sah, bevor er gegen diesen Baum prallte.

Es war an einem Sonntag im Februar, gegen drei Uhr nachmittags. Ich weiß das, weil wir schon gegessen hatten und ich mir auf der Straße die Zeit bis zum Kino vertrieb, wo an diesem Abend – daran erinnere ich mich noch, aber merkwürdig ist doch, daß ich nicht einmal mehr weiß, was ich gestern getan habe – *Die Titanen* gespielt wurde, ein Sagenfilm, der mir so gut gefiel, daß ich ihn mir viermal angesehen habe (vielleicht lief er bei uns auch vier Wochen hintereinander, was ebenfalls schon vorgekommen war). Ich weiß noch, daß ich vor der Bar *Diabla* stand und auf die Landstraße schaute, die zu dieser Zeit ebenso verlassen dalag wie alle anderen Straßen auch. Die Leute aßen zu Mittag, nur wir nicht, bei uns wurde Punkt eins gegessen, ob Werktag oder Sonntag, mochte kommen was wollte (es war die Essenszeit meines Vaters, und er war es, der das Sagen hatte), oder sie waren schon früher aufgestanden und tranken jetzt in den Bars ihren Kaffee. Plötzlich sah ich ihn von *Negros* Laden her mit seiner Guzzi ankommen, die mir so imponierte. Alles geschah sehr schnell, keine zehn Sekunden, so lange brauchte er ungefähr, um die Leinwand zu passieren. Er kam heran, fuhr an mir vorbei (er fuhr nicht schnell, auf der Straße lag Schnee), noch zwanzig oder dreißig Meter weiter, und plötzlich, als er gerade von der Bildfläche verschwinden wollte, schoß er wie eine Rakete seitlich weg und prallte gegen einen Baum. Danach sah ich nur noch eine Kette durch die Luft fliegen, ein Rad zu Boden torkeln und dann ihn, wie er vom Baum auf die Straße zurückgeschleudert wurde, wo er liegenblieb, so wie er auf dem Foto daliegt, nur ohne die Leute drumherum.

Danach geschah alles noch viel schneller. Ich hatte noch nicht einmal reagiert, als, vom Lärm aufgeschreckt, ein Mann aus der Tür schaute und, als er *Tango* auf der Straße liegen sah, denen in der Bar etwas zurief und dann zu ihm hinlief. Keine Minute später hatten sich bereits mehrere Männer um *Tangos* Körper versammelt. Denn der lag immer noch da, auf die Straße geschleudert, ohne daß jemand hinging und ihn aufhob. Vielleicht hatten sie schon gemerkt, daß sie nichts mehr tun konnten: er lag dort schlaff wie eine Puppe, und die Blutlache im Schnee war viel zu groß. Später kamen noch mehr Leute, und jemand holte den Arzt – der eine Weile brauchte, bis er eintraf, da er wie gewöhnlich betrunken war –, und ab diesem Augenblick trat ich völlig in den Hintergrund. Ich wurde nicht einmal gefragt, was ich gesehen hatte, obwohl ich der einzige war, der gesehen hatte, wie er gegen den Baum prallte. Aber wie üblich wollte niemand etwas von mir wissen. Mir machte das nichts aus. Es reichte mir, dableiben zu dürfen und nicht fortgeschickt zu werden und zu wissen, daß ich der letzte gewesen war, der *Tango* lebend gesehen hatte.

Er war einer der Männer, die ich in meinem Leben am meisten bewundert habe. Als ich ihn an einem Sonntag in der Bar *Los Pelayos* zum erstenmal mit seinem Seidenhemd, seinen hochhackigen Stiefeln und seinen breiten Koteletten sah, war ich gleich fasziniert. Er war gerade in Olleros angekommen, und alle Welt sprach über ihn, besonders die Frauen, die ihm verstohlene Blicke zuwarfen und erzählten, was für ein hübscher Bursche er war. Vor allem die Mädchen waren ganz aus dem Häuschen. Mir kam er mit seinen breiten Koteletten und seinen Stiefeln und der Art, wie er sein Bier trank, direkt aus der Flasche und mit dem Rücken an den Tresen gelehnt, wie ein Cowboy vor, und das reichte mir schon, um ihn vom ersten Moment an zu bewundern: ich hatte viele Männer wie ihn im Kino gesehen, aber noch nie auf der Straße. Darum war ich ihm auch, als er die Bar verließ, für die kleine Geste so dankbar: als er an mir vorüberging, zwinkerte er mir zu und zog mich am Ohrläppchen, als wäre ich eine Kuh.

Er wurde sofort eine Berühmtheit im Dorf, vor allem unter den Mädchen, die über nichts anderes mehr sprachen, als über ihn, und durch die Straßen schlenderten, um ihm vielleicht zu begegnen, und er wurde der König der Tanzveranstaltungen. Es hieß, er käme aus Argentinien, wo er bis dahin gelebt hatte, und er mache die Frauen verrückt wegen seiner Art, Tango zu tanzen: er drückte sie fest an sich, schob sein Knie zwischen ihre Beine (damit sie ihm nicht entglitten, meinte Balboa), und zum Schluß ließ er sie nach hinten kippen. Darum bekam er den Spitznamen *Tango*. Darum, und weil er sie den Mädchen so gefühlvoll ins Ohr säuselte, manchmal sogar auch ins Mikrofon zur Begleitung von Martiniano: Kopf und Schultern seitwärts geneigt und die Wörter dehnend, als wäre er ein Fremder, obwohl er in Wirklichkeit in Olleros geboren war, in dem Haus am Berg, wo seine Mutter immer noch wohnte. Von dort kam er jeden Tag ins Dorf hinunter, um in der Bar *Los Pelayos* Poker zu spielen (damit verdiente er sein Geld) oder, an den Sonntagen, mit jener roten *Guzzi*, die ich so liebte, zum Tanzen zu fahren.

Stets hatte er irgendein Mädchen auf dem Rücksitz. Mit seinem Seidenhemd und seinen breiten Koteletten fuhr er durchs Dorf, und die Leute schauten ihm bewundernd oder neidisch nach, je nachdem, ob Mann oder Frau und wie sie jeweils zu ihm standen. Ich gehörte natürlich zu denen, die ihn bewunderten. Seit er mich an jenem Tag in der Bar *Los Pelayos* am Ohr gezogen hatte, was er danach jedesmal tat, wenn er mir begegnete (ein Zeichen, daß er mich sympathisch fand), war ich sein größter Bewunderer und dankte ihm für jedes Ohrläppchenziehen auf die einzige Art und Weise, in der man in diesem Alter so eine kleine Geste zu danken weiß: indem ich bereit war, ihm jeden Gefallen zu tun und indem ich ständig seine Bewegungen und seinen Gang imitierte (von den breiten Koteletten und den Seidenhemden konnte ich selbstverständlich nur träumen). Aber er bat mich nie um etwas, nicht einmal um den kleinsten Gefallen (einem Mädchen eine Nachricht zu überbringen, ihm beim Putzen des Motorrads zu helfen oder ihm aus der Bar Zigaretten zu holen), wie andere Männer das taten und mir dafür ein Trinkgeld gaben, manchmal aber auch nicht, obwohl ich alles für ihn getan hätte, ohne auch nur ein Dankeschön zu erwarten. Das heißt, wenn ich ehrlich bin, hoffte ich innigst, daß er mich einmal auf seiner *Guzzi* mitnahm und mir das Tangotanzen beibrachte. Denn auch ich wollte die Mädchen verrückt machen, so wie er, obwohl ich mich noch nicht einmal rasierte.

Aber das brauchte ich gar nicht. Als ich eines Tages über die Straße schlenderte, vielleicht auf meine Freunde wartend oder darauf, daß meine Mutter aus dem Konsum zurückkam, oder auch ohne recht zu wissen, was ich tun sollte, tauchte *Tango* mit seinem Motorrad auf und hielt neben mir an. Ich dachte, er würde mir wie immer am Ohr ziehen, und war schon darauf eingestellt, aber ich irrte mich, zumindest zum Teil. Er zog mich am Ohrläppchen, klar, und sagte, was er immer zu mir sagte: »Wie geht's, Blonder?«, was ihn offenbar sehr belustigte, doch danach fragte er mich, ob ich nicht mit ihm eine Runde auf der *Guzzi* drehen wolle, worauf ich gar nicht gefaßt war. Ich fand nicht einmal Zeit, ja zu sagen. Ich stieg hinten auf, bei der Gepäcktasche, und bedauerte nur, daß meine Freunde nicht da waren, um mich in diesem Augenblick zu sehen. Wir fuhren durch das ganze Dorf bis kurz vor Sotillos hinauf, dort drehten wir um und fuhren die Straße zum Kino zurück; vom Kino fuhren wir nach Quemadas, wo er wohnte, und von Quemadas zurück nach Olleros, wo wir ein paar Runden um den Platz drehten, bis er mich vor der Haustür absetzte. Insgesamt mindestens acht Kilometer, die Runden um den Dorfplatz nicht mitgerechnet, die mir jedoch sehr kurz vorgekommen waren, weil die Zeit nur so dahinflog. Ich war so hingerissen, daß ich am liebsten den ganzen Nachmittag weitergefahren wäre.

Aber *Tango* nahm mich noch einmal mit. Er fuhr mit mir zum alten Bergwerk, auf dem Weg nach La Salera, und auf der Straße zum Konsum kehrten wir zurück. Unterwegs hielt er an, um eine Zigarette zu rauchen (er fragte mich, ob ich auch eine wolle, aber ich traute mich nicht zuzugreifen, obwohl ich mit meinen Freunden schon manchmal heimlich rauchte). Während er an seiner Zigarette zog, erzählte er mir vom Tango. Und von den Frauen. Und von Argentinien, einem Land, das ich verklärte, weil ein Onkel von mir dort lebte, den ich noch nie gesehen hatte, weil er Spanien im Bürgerkrieg verlassen hatte und nie mehr zurückgekehrt war (anscheinend ließ Franco ihn nicht), der mir aber ab und zu kleine Geschenke schickte (das letzte war eine lederne Brieftasche, die noch irgendwo herumliegen muß). *Tango* sagte, es sei cin wunderschönes Land, sehr groß, und die Frauen dort seien so schön wie auf den Bildern. Er sagte, die Frauen seien wie die Tangos: man müsse sie zu tanzen wissen. Und auch, daß die ganze Welt ein Roulettespiel sei, bei dem wir täglich um unser Leben spielten und das nur die Gerissensten gewännen. Ich hatte noch nie jemanden kennengelernt, der soviel vom Leben verstand und soviel herumgekommen war. Und vor allem keinen, der wußte, wie man die Frauen allein mit seinem Blick verrückt macht. Darum dachte ich an dem Tag, an dem er verunglückte, mit derselben Guzzi und demselben Hemd wie damals, an seine Worte zurück. Ich dachte an jenen Nachmittag und daran, was er mir erzählt hatte, und vergaß darüber das, was mein Vater mir in der Zwischenzeit gesagt hatte: daß *Tango* nie in Argentinien gelebt habe, nicht einmal aus Spanien sei er herausgekommen, der Taugenichts, er suche immer nur Streit und behandle seine Mutter schlecht, und daß er die letzten acht Jahre, die er nicht in Olleros gewesen war, im Gefängnis gesessen habe, weil er in der Bar *Los Pelayos* einen Mann erstochen hatte. Ich habe sogar den Verdacht, daß mein Vater mir nicht die Wahrheit gesagt hat, denn als ich viele Jahre später schließlich selbst nach Argentinien kam, erinnerte mich alles, absolut alles: das Land, die Frauen, die Tangomusik, die Koteletten der Männer und sogar die Motorräder, die man auf den Straßen sah, an Tango.

23. Die grünen Blätter

Manchmal überrascht es mich, wie die Fotografien aufeinanderfolgen, auf welche Weise Erinnerungen sich aneinanderhaken wie Kirschen mit ihren Stengeln und einen Film herstellen, der so logisch abläuft, als spiele noch einmal die alte Zeit. Als würde die Zeit mit einem Mal wieder lebendig werden, als wäre die Erinnerung eine präzise, fast vollkommene Kamera, die allein für uns noch einmal den Film abspielte, der einmal unser Leben war und den wir für immer vergessen glaubten. Doch das stimmt nicht. Wenn auch die Erinnerungen bündig fließen, wenn auch die Fotografien sich aneinanderhaken und eine der anderen folgen wie die Einzelbilder auf der Filmspule, ohne schwarze Schnitte dazwischen, sind sie im Grunde doch nichts weiter als Standfotos; vereinzelte, voneinander unabhängige Standfotos, wie die im Schaukasten des *Minero*, die uns nichts weiter zurückgeben können als die Illusion, sie zu besitzen. Man braucht sie nur nach ein paar Jahren wiederzusehen, sogar nach ein paar Monaten nur, um zu begreifen, daß alle längst stumm geworden sind. Doch nicht nur das. Ich sehe es jetzt an diesem.

Die letzten Fotografien, jene, mit denen die Farbe in mein Leben trat, nicht jedoch in meine Erinnerung daran, hatten einen so starken Bezug zueinander, folgten einander so zwangsläufig, daß ich schließlich sogar glaubte, sie noch einmal zu durchleben. Anstatt einzelner Sequenzen, was Erinnerungen, besonders die weit zurückliegenden, ja sind, hatte ich das Gefühl, einen vollständigen Film zu sehen. Doch dann betrachte ich plötzlich diese andere, die an der Fotografie von *Tango* anschließt, auch von 1965 ist und daher direkt daneben steht, und vor meinen Augen tut sich eine unermeßliche Schwärze auf. Dieselbe, die sich auch zwischen den einzelnen Filmfotos im Schaukasten des *Minero* ausbreitete.

Außerdem ist das Foto nicht besonders anregend: eine Gruppe von Schuljungen, darunter ich, beim Fußballspielen auf der Wiese neben dem Graben; im Hintergrund stehen zwei oder drei Männer am Hang und schauen uns zu, ein paar Frauen hängen Wäsche auf, ein Hund bellt lautlos, und links im Vordergrund tun zwei Mädchen so, als pflückten sie Blumen (ich sage, sie tun so, weil sie zu uns hinschauen und nur ein winziges Sträußchen in der Hand halten); in der Ferne sieht man ein Auto die Landstraße hinauffahren, und dahinter – hinter den Häusern noch – erhebt sich der Förderturm der Zeche wie ein rötliches allgegenwärtiges Gespenst. Es ist ein beliebiges Bild, eine Fotografie, die an kein bestimmtes Jahr gebunden ist, die sogar an einem beliebigen Tag oder Monat aufgenommen sein kann, solange es im Frühling ist (die Wiese ist voller Blumen und die Bäume haben grüne Blätter), und die daher in keinerlei Beziehung zu den vorhergehenden steht. Sie hat auch keine Geschichte. Es ist nur ein Bild, eine Ansichtskarte ohne Ton, ein vereinzeltes Foto im Schaukasten des Albums; ein Foto, das keinen Anschluß an die anderen findet, aber auch keine eigene Erinnerung wachzurufen vermag.

Die Erinnerung ergibt sich aus seinem Platz im Album, oder, was dasselbe ist, aus der Zeit. Zwischen dem Sommer 1964, in dem ich die Farbe und mit ihr die Bewegung kennenlernte, und meinem Weggang aus Olleros, begann meine Erinnerung zu wachsen und nach und nach Format und Profil anzunehmen. Nicht wegen der Farbe; ich war nur älter geworden und begann alles mit anderen Augen zu sehen. Davor, bis zu diesem Jahr, war das Leben für mich eine Reihe nebeneinandergestellter Einzelansichten ohne jeden gemeinsamen Berührungspunkt und ohne verbindenden Text. In diesem Jahr jedoch, in dem ich neun wurde, geriet die Zeit in Bewegung, und mein Leben bekam einen Ablauf, das heißt, es folgte dem Rhythmus der Zeit und dem Riesenrad der Bilder, das sich nun zu drehen begonnen hatte. Das Meer, das *Compostelaner Orchester*, die Bilder von der *Glocke* oder den Tagen des Streiks waren nichts anderes als die Gondeln dieses Riesenrads, dieses unsichtbaren Karussells, das seither nicht mehr zum Stillstand gekommen ist und sich weiterdrehen wird, bis ich sterbe. Doch dann erscheint mit einem Mal dieses. Taucht ohne zeitlichen Bezug unter den anderen auf und legt einen endlosen Abstand in Schwarz dazwischen: winterkalte Tage, Fußball, Frühling, Öde ...

Als ich klein war, erklärte mein Vater mir eines Tages (das heißt, er erklärte es allen seinen Schülern, da wir in der Schule waren), wie sich die Kohle gebildet hatte, die die Väter der anderen unter den Häusern von Olleros aus der Erde holten. Er erzählte uns, daß vor Millionen von Jahren – ich glaube, er sagte dreihundert; jedenfalls waren es für mich so viele, daß ich es für eine Lüge hielt – unser Tal ein großer See gewesen sei, der unter dem Druck der Landmassen begraben worden war. Mit dem Wasser waren auch alle Bäume und Farne ringsum untergegangen, und diese Bäume und Farne faulten unter der Erde und wurden zu der Kohle, die jetzt unter unseren Füßen lag, so wie die Menschen, wenn sie tot waren, nach einer gewissen Zeit zu Staub wurden. Ich weiß noch, daß ich das für ein Märchen hielt, für eine von diesen Geschichten, die mein Vater uns manchmal erzählte, um die Stunde herumzubringen oder damit wir nicht beim Unterricht einschliefen, aber sie hinterließ einen so nachhaltigen Eindruck auf mich, daß ich seitdem, wenn ich auf der Straße war und, wie jetzt, die Bäume von Olleros betrachtete, mir vorstellte, wie auch sie eines Tages, in weiteren dreihundert Millionen Jahren oder wie vielen auch immer, zu Kohle würden, genau wie ich dann ein Häufchen Staub und von der Erde nicht mehr zu unterscheiden wäre. Ich ging sogar noch weiter: Wenn ich mir vor dem Kino die Fotos der Filme für Erwachsene anschaute oder wenn drinnen der Film für ein paar Sekunden leerlief und die Leinwand schwarz blieb, stellte ich mir vor, der Staub auf den Filmfotos draußen oder die völlige Schwärze drinnen seien der Staub und die Schwärze der Kohle, in die sich die Standfotos und die fehlenden Filmbilder im Laufe der Jahre verwandelt hätten, und deshalb sähe man an ihrer Stelle jetzt jene Lücken oder jene schwarzen Stücke. Damit lag ich gar nicht so falsch. Heute weiß ich, daß es stimmt; heute weiß ich, daß die Tage zu Kohlenstaub werden und daß das, was mein Vater uns erzählte, keine Erfindung und schon gar kein Märchen war. Wenn ich mir jetzt diese Fotografien anschaue, weiß ich, daß die, die fehlen, und das sind jene, die es nicht mehr gibt oder die nie von mir gemacht worden sind, aber ebensogut hätten gemacht werden können, jene sind, die die Erde unter sich begraben hat. Daher die schwarzen Leerräume in meiner Erinnerung, und daher nehmen auch einige Fotos, wie dieses, schon eine bräunliche Färbung an: denn auch Fotografien sterben. Sie vertrocknen wie die Blätter an den Bäumen, und dann fallen sie herab. Und wenn wir sie nach Jahren wieder anschauen, geben sie uns keine Erinnerung zurück, sondern, wie die Filmfotos im Schaukasten, nur ein Bild ohne Text und Geschichte. Selbst wenn sie, wie auf diesem der Fall, voll mit grünen Blättern sind.

24. Waise in der Kathedrale

Als ich zehn Jahre alt wurde, machte mein Vater das Versprechen wahr, das er mir ein Jahr zuvor gegeben hatte, und nahm mich mit nach León. Wir fuhren an einem Samstagmorgen mit dem Linienbus um acht und kehrten nachmittags, mit Geschenken und Paketen für meine Mutter beladen und ich von einer merkwürdigen Verwirrung erfüllt, zurück. Zum erstenmal in meinem Leben hatte ich eine Stadt gesehen.

Von der Fahrt ist mir nur noch, wie an dem Tag, an dem mein Bruder nach Madrid abreiste, der Benzingeruch und das blaue Aufblitzen des Himmels in Erinnerung, als wir die Höhe von Sotillos erreicht hatten und sich vor uns, bis hin zu den fernen Bergen, der Horizont wölbte, als läge dazwischen der Ozean. Und auch der Geruch der heißen Ölkringel, die mein Vater einer verhutzelten Frau abkaufte, die in den Bus stieg, als wir in Boñar anhielten. Doch an das, was ich in León gesehen habe – an das, was ich sah und was ich träumte –, erinnere ich mich so deutlich, daß ich, würde ich dorthin zurückkehren, den ganzen Weg noch einmal gehen könnte, den mein Vater und ich an jenem Tag gegangen sind.

Von dem Augenblick, an dem wir am Busbahnhof ankamen, der von Menschen überlaufen war und nach Benzin und Ölgebäck roch wie der am Morgen in Boñar, bis zum späten Nachmittag, als wir mit dem Bus zurückfuhren, habe ich praktisch kein einziges Wort gesprochen. Ich war so überwältigt, so verschreckt und glücklich zugleich, daß ich nur die Menschen anstaunte und aufpaßte, meinen Vater nicht aus den Augen zu verlieren, der mich seinerseits bestimmt noch wachsamer im Blick behielt. Auf den Straßen waren so viele Menschen und so viele Autos, daß ich fürchtete, ihn nie mehr wiederzufinden, falls ich ihn nur einen Moment lang aus den Augen ließ.

Mehrere Stunden lang, die so rasch vergingen, als hätte ich im Kino gesessen, wanderten wir durch die Straßen, betrachteten die Gebäude und die Autos, die so dicht an den Fußgängern vorbeifuhren, daß sie sie streiften, ohne jedoch einen zu überfahren, was mir wie ein Wunder vorkam und mich ebenso beeindruckte wie die Gebäude, die ich sah. Ich glaube, wir gingen in verschiedene Läden, um die Einkäufe für meine Mutter zu erledigen und für meinen Vater eine Brille anpassen zu lassen (das war der eigentliche Grund für die Fahrt gewesen, abgesehen davon, daß er mir León zeigen wollte), und danach, als wir die Zeit für gekommen hielten, setzten wir uns auf eine Bank und aßen die Brote, die meine Mutter uns am Morgen geschmiert hatte, während wir uns reisefertig machten. Es war das erste Mal, daß ich außer Hauses aß, wenigstens zu Mittag, und jene Brotzeit mit meinem Vater, mitten im Straßenverkehr, während die Menschen an uns vorbeiliefen, schien mir das schönste Geburtstagsgeschenk, das meine Mutter mir hatte machen können. Ich weiß sogar noch, was auf meinem Brot war – Tortilla mit Schinken – und daß mein Vater mir ein Stück von seinem abgab, als er sah, daß ich meines schon aufgegessen hatte, als er noch bei der Hälfte war. Man sieht, daß die Stadt mich hungrig gemacht hatte, trotz der Reiseaufregung und der Ölkringel in Boñar.

Das Beste sollte aber noch kommen. Das Beste an jener ersten Reise, der ersten, die wir beiden gemeinsam unternahmen, und meiner ersten in die große Stadt, hatte mein Vater für den Nachmittag aufgehoben, in der Absicht gewiß, daß ich es in Ruhe auf mich wirken lassen sollte und es stets zu den schönsten Erinnerungen zähle, die das Leben mir zuteil werden ließ: die Kathedrale. Wenn es das war, was er wollte, ist es ihm gelungen. Als ich sie plötzlich am Ende jener Straße aufragen sah, die sanft in die Höhe stieg, und in der mein Vater mir kurz zuvor einen Zwerg gezeigt hatte (einen zwergwüchsigen Uhrmacher, der eine Fliege trug und gelassen hinter seinen Auslagen saß und arbeitete; bestimmt war er daran gewöhnt, von allen angestarrt zu werden), schlug mich die Kathedrale so in ihren Bann, daß ich den Zwerg gleich vergaß, obwohl auch er mich stark beeindruckt hatte. Die Kathedrale war ein Traum, ein Postkartenanblick, eine mitten in der Stadt aufragende Filmkulisse. Neben ihr war die Gießerei von Sabero, welches das größte Gebäude war, das ich bis dahin gesehen hatte, höchstens ein Seitenschiff und der Förderturm der Zeche, das höchste Bauwerk von Olleros, ein unscheinbarer Strommast. Wie eine Filmkulisse ist sie in meine Erinnerung eingetreten, und so erinnere ich mich jetzt an sie, beim Anblick dieses alten Fotos, das mein Vater und ich von uns mit der Kathedrale im Hintergrund machen ließen (er in seinem gestreiften Anzug und ich mit meinen neuen Schuhen, die wir gerade gekauft hatten), obwohl ich sie nach jenem Nachmittag noch viele Male gesehen und sie mir sogar von oben bis unten angeschaut habe, von den Katakomben des Maulwurfs (der der Legende nach während der Bauarbeiten die Fundamente der Kirche anfraß und dessen riesiges Fell dort noch an einer Wand hängt) bis hinauf zum Glockenstuhl, der den ältesten der Kirchtürme krönt und von dem aus man die ganze Stadt überblicken kann. Wie in einer märchenhaften, wunderschönen und zugleich schrecklichen Filmkulisse fühlte ich mich nämlich, als ich in sie eintrat und plötzlich feststellte, daß ich meinen Vater verloren hatte und ganz allein in der Kathedrale war.

Nie werde ich das vergessen. Jene fünf Minuten (mehr dürften es nicht gewesen sein) wurden mir so lang, daß sie mir wie eine Ewigkeit erschienen. Nachdem wir uns hatten fotografieren lassen, waren mein Vater und ich in die Kathedrale gegangen, und ich war so geblendet, daß ich gar nicht weitergehen konnte. Mein Vater zeigte mir aber gleich, wie ich sie mir anschauen mußte: nicht nach oben sehen, wie das alle Leute taten und ich in dem Moment ebenfalls, sondern umgekehrt, nach unten, ins Wasser des Weihwasserbeckens, das neben dem Eingang stand und wo, wie in der Kirche von Olleros, die Leute sich bekreuzigten, bevor sie sich zwischen den Pfeilern verloren, die das Dach dieser phantastischen Gießerei trugen. Und jenes Bild blendete mich noch mehr. Es war, als wäre die Kathedrale auf den Kopf gestellt, als wäre sie plötzlich voll Wasser und als spiegelten sich die Fenster darin wie die Bäume im Fluß, wenn wir im Sommer in ihm badeten. Wenn das Wasser zudem noch in Bewegung geriet, indem man es mit dem Finger berührte oder leicht darüberblies, erzitterten die Kirchenfenster wie die Bäume, erfüllten es mit Farben und machten das Weihwasserbecken zu einem Kaleidoskop, das ebenso verwirrend war wie die Kathedrale selbst. Ganz verzaubert von diesem Spiel, meinen Finger ins Wasser tauchend, um zu sehen, wie alles erzitterte und wie die Fenster in Millionen von Lichtpartikeln zerbrachen, stand ich an jenem Nachmittag dort, gedankenverloren wie im Kino oder in einem phantastischen Traum, aus dem ich bald erwachen mußte, als ich aufblickte und feststellte, daß mein Vater nicht mehr bei mir war. Erschrocken schaute ich mich um: mehrere Personen kamen und gingen durch das Hauptportal, aber keine davon war er. Er war auch nicht hinter den Pfeilern, nicht in den Bänken und nicht in den Beichtstühlen, vor denen einige Männer kniend ihre Absolution erwarteten. Voller Schrecken begann ich, meine eigene zu erflehen, als stellte ich mir vor, gesündigt zu haben, während ich meinen Vater im flackernden Licht der Kerzen und im Widerschein der Kirchenfenster suchte, der zu dieser Stunde bereits das Mittelschiff durchflutete. Ich fühlte mich verloren, verängstigt, allein, eine Waise in der Kathedrale. Ich hatte sie praktisch einmal ganz abgesucht, meinen Vater aber nirgends gefunden, und ich war kurz davor, in Tränen auszubrechen, als plötzlich jemand meinen Arm ergriff und mich nach hinten zog. Es war mein Vater, der mich ebenfalls gesucht hatte und, seinem Gesichtsausdruck nach zu urteilen, noch erschrockener war als ich.

Wir gingen praktisch ohne ein Wort zu wechseln zum Busbahnhof zurück. Später im Bus schlief er ein und wachte erst wieder auf, als wir schon in Sotillos waren, als in der Nacht die Lichter des Schachtgerüsts auftauchten wie die eines im Dunkel des Meeres verlorenen Leuchtturms. In Olleros erwarteten uns die Kinder, um, wie ich selbst an so manchen Abenden, zu sehen, wer mit dem Bus gekommen war und ob sie sich ein paar Peseten verdienen konnten, indem sie ein Paket überbrachten, dessen Empfänger nicht an der Haltestelle war, und als sie mich sahen, begrüßten sie mich jubelnd wie einen Helden, der aus dem Krieg unversehrt in sein Land zurückgekehrt war. Ich hingegen dachte in jener Nacht nur daran, daß ich mich nie wieder von meinem Vater trennen und Olleros nie mehr verlassen würde, um mich nicht noch einmal wie ein Waisenjunge zu fühlen.

25. Der Weg ins Leben

Es war eine Vorahnung. Obwohl ich mir in jener Nacht, während ich nach Hause ging, zufrieden, die Stadt gesehen zu haben, aber zufriedener noch, wieder zu Hause zu sein, geschworen hatte, meine Eltern nie wieder zu verlassen und mich aus Olleros nur so weit als eben nötig zu entfernen, spürte ich bereits irgendwo in meinem Körper oder meinem Bewußtsein, was damals noch ein und dasselbe war, daß der Countdown auf mein Leben begonnen hatte. In der letzten Zeit zumindest hatten sich die Dinge doch merklich beschleunigt, so als liefe die Zeit plötzlich schneller, und ich spürte, daß das Leben sich vor mir auftat wie eine verführerische, aber auch beunruhigende, reife Frucht.

Damit lag ich nicht ganz falsch. Zwei oder drei Monate nach jener Fahrt nach León machte ich noch eine – um mir die Mandeln operieren zu lassen –, und einen Monat danach eine weitere – wieder um mir die Mandeln operieren zu lassen, denn beim letzten Mal hatte ich den Arzt gebissen und einen solchen Tumult veranstaltet, daß er mir nur mit Mühe und Not eine Mandel entfernen konnte (ich glaube, das war das erste Mal in seiner ganzen Laufbahn, daß er Mandeln zweimal herausnehmen mußte), und als der September kam, keine Mandeln und keine Grundschule mehr, ging ich aufs Gymnasium nach Sabero, wo Don Vicente sich unverzüglich daranmachen sollte, mir den letzten Rest Aufsässigkeit auszutreiben.

Er war ein mächtiger Asturier mit Quadratschädel und Boxergesicht, der mit eiserner Hand das Gymnasium leitete, das die Bergwerksgesellschaft neben der alten Eisenhütte eingerichtet hatte, damit wir, die wir in ihrem Dunstkreis lebten, das Abitur machen konnten, ohne von dort fort zu müssen. Das wäre für einige von uns allerdings besser gewesen: Don Vicente, der nicht nur der Direktor, sondern auch der Geist und die Stütze des Gymnasiums war (er gab Unterricht in sämtlichen Fächern und kannte sich in allen bestens aus), sah nicht nur wie ein Boxer aus; mit seinen pädagogischen Methoden wäre er auch in diesem Sport erfolgreich gewesen, wenn er sich nicht der Lehre verschrieben hätte. Für seine Prügel war er im ganzen Tal berühmt, genau wie für seine Schimpfkanonaden, alle sehr kultiviert und literarisch – *Hornochse, Russenschlappe, Teufelsfurz, Quäker* –, und es verging kaum eine Woche, in der er nicht einen Schüler mit gebrochener Nase, ausgeschlagenen Zähnen oder geplatztem Trommelfell in die nahegelegene Betriebsambulanz schicken mußte. Was zwar verwerflich, aber zu jener Zeit, und in jenem Tal zumindest, keineswegs unüblich war und auch nicht schwer zu verstehen. Unter seiner Schreckensherrschaft versuchten jeden Tag zweihundert Schüler aller Klassen und Altersstufen – die nicht immer auf dem gleichen Stand waren, weil es stets jemanden gab, der über Jahre dieselbe oder verschiedene Klassen wiederholte und seine Schulbank mit einem jüngeren Schüler teilte – und, vor allem, beider Geschlechter, was damals nicht üblich war und einen zusätzlichen Reiz ausübte, seine Wachsamkeit zu unterlaufen und ihm eine lange Nase zu machen; ein Unterfangen, bei dem sich Don Vicentes eigene Kinder besonders hervortaten und auch besonders viel einstecken mußten, und das nicht sehr schwierig war, da zu der Dreistigkeit und Wildheit vieler Schüler noch hinzukam, daß Don Vicente nur zwei weitere Lehrer zur Verfügung standen, um uns alle im Zaum zu halten: eine aufgetakelte unverheiratete alte Dame, die sich vor allem um die Mädchen kümmerte – um das Verprügeln der Mädchen, meine ich –, und ein Mathematiklehrer, der ständig betrunken war und aufgrund seines Zustandes öfter fehlte als die schlimmsten Schüler. In jener derart zusammengewürfelten Strafanstalt, und in ihrer Verlängerung unter den Bogengängen und der Fabrikhalle der ans Gymnasium angrenzenden ehemaligen Gießerei mit ihren Gewölben, spielten wir in den Pausen Wandball oder Fußball – oder entdeckten, wie die Erfahreneren von uns, die Liebe. Und dort saßen wir, die wir von weiter her kamen und nicht nach Hause gehen konnten, wie die aus Sabero, in der Mittagspause und aßen die eiskalten Brote, die unsere Mütter in der Frühe geschmiert hatten und die zwischen unseren Büchern staken. Dort auch lernte ich im Eiltempo nicht nur Naturkunde und Geografie – und Französisch, Mathematik, Spanisch und Literatur –, sondern vor allem auch die unerläßlichsten Dinge, um in diesem Dschungel zu überleben. Was nicht nur darin bestand, Don Vicentes Wutausbrüchen zu entgehen. Es galt auch, den Kämpfen und Prügeleien aus dem Weg zu gehen, die immer wieder unter den Schülern stattfanden (offenbar nahmen wir uns Don Vicente doch zum Vorbild), und vor allem den bösen Streichen und der Macht der Älteren, die wir am meisten fürchteten: die Zucht, die Don Vicente uns auferlegte, war nichts im Vergleich zu jener, der sie uns unterwarfen.

Es ging schon auf dem Hinweg los, auf der Brücke von La Herrera, wo wir von Olleros auf die anderen trafen und wo wir uns auf dem Heimweg von ihnen trennten. Wir waren wahrscheinlich nicht mehr als ein Dutzend (die Bergarbeiter pflegten ihre Kinder nicht aufs Gymnasium zu schicken; sie wollten lieber, daß sie möglichst schnell ihr eigenes Geld verdienten, auch wenn sie dafür, wie ihre Väter, im Bergwerk arbeiten mußten), aber in diesem Dutzend waren alle Altersstufen vertreten, von den Ältesten, die achtzehn oder zwanzig waren, bis hinunter zu den Benjaminen von zehn. Der älteste von uns war ein gewisser *Ñito*. Er war schon zwanzig und sah auch so aus, obwohl er noch in die Neunte ging (er hatte jede Klasse mindestens ein- oder zweimal wiederholt), was ihn, anstatt sein Ansehen zu schmälern, nur um so mehr befähigte, als Anführer der Gruppe aufzutreten: wer Don Vicentes Strenge so lange standgehalten hatte, mußte mit allen Wassern gewaschen sein. Er und seine vier Freunde, die so etwas wie eine Regierung im Feld bildeten, deren Macht sie nicht antasten ließen und deren Autorität niemand in Frage stellte, wir Kleinen am allerwenigsten, waren diejenigen, die bestimmten, wann und wo wir uns trafen und was unterwegs gemacht wurde. Denn der Weg nach Sabero und wieder zurück war nicht nur eine Wegstrecke, sondern auch eine Vorbereitung für das, was uns dort erwartete, und eine Initiationsreise in das Leben.

Nachdem die ersten kleinen Schikanen ausgestanden waren, denen wir Neuen unterworfen wurden (wir mußten ihre Bücher tragen, ihre derben Späße über uns ergehen lassen oder ihnen die Hälfte von unseren Broten abgeben), verlief der Schulweg normalerweise ohne besondere Vorkommnisse, mit Ausnahme der klimatologischen. Im Winter, wenn es kalt war und der Schnee uns manchmal bis an die Knie reichte, hielten wir unterwegs höchstens einmal an, um eine Zigarette zu rauchen – die Älteren – oder am Wegesrand zu urinieren und uns an den kleinen gelben Löchern im Schnee zu erfreuen. Wenn jedoch im Herbst und im Frühling die Schönwetterperiode einsetzte – und im Sommer, wenn wir an den Fluß gingen –, brauchten wir für den Weg, der normalerweise eine halbe Stunde dauerte, bis zu zwei oder drei Stunden; jedenfalls für den Heimweg, auf dem wir keine Eile hatten und der die ganze Zeit bergauf ging. Bei diesen Gelegenheiten wurden wir Kleinen erst richtig in die Geheimnisse des Lebens eingeweiht.

Uns diese zu vermitteln, war natürlich Aufgabe von *Ñito* und seinen Kumpanen, die auf jene Weise nicht nur ihre Macht demonstrierten, sondern auch ihre Rolle als selbsternannte Lehrmeister wahrnahmen, wogegen niemand etwas einwenden konnte, wenn er nicht aus der Gruppe ausgestoßen werden wollte. Die Unterweisung, die sich auf alle Gebiete erstreckte, von denen, die die Schule betrafen (wie abschreiben, Bestrafungen aus dem Weg gehen, jemanden unbemerkt warnen und sogar am Gang von Don Vicente zu erkennen, wie er gerade aufgelegt war: kam er hereingepoltert, gut; ging er langsam, schlecht; und wenn er geräuschlos angeschlichen kam, ganz schlecht), bis hin zum Umgang mit den Mädchen, zog sich zwar über die ganze Länge des Schulweges hin, ihr Mittelpunkt war jedoch die Anhöhe von Sahelices, nach der die Landstraße in einem langen Gefälle das Dorf hinter sich ließ und mit einer dunklen Kurve in die offene Landschaft hineinführte. Dort wurden wir Jüngeren, im

Schutz der Bäume vor den Blicken eventuell Vorübergehender verborgen, von den Großen in die Wissenschaft der verbotenen Künste eingeweiht. Hauptsächlich in die des Rauchens – und dabei den Rauch durch die Nase zu blasen, was wir noch nicht konnten – und in allem, was mit Sexualität zu tun hatte, worauf wir am neugierigsten waren und worin ein großer Experte zu sein, sich *Ñito* natürlich brüstete. Er war es auch, der uns allen das Onanieren beibrachte, zuerst jedem einzeln und später dann gemeinsam, und der uns auch erklärte, was wir mit den Mädchen anzustellen hätten, damit wir uns, wenn sich die Gelegenheit böte, nicht der Lächerlichkeit preisgaben. Er rühmte sich, es noch nie getan zu haben, obwohl er andererseits mit seinem reichen Erfahrungsschatz angab und obwohl, wie ich später erfuhr – ich erfuhr es zwar, brauchte aber noch lange, bis ich es auch verstand –, als sich ihm eines Tages die Gelegenheit bot (mit der *Blondine*, einem Mädchen aus Sabero, das offenbar auch vielen anderen eine bot), die ganze Schule davon erfuhr, weil *Ñito* zu Tode erschrocken angelaufen kam und seine Freunde alarmierte und sagte, die *Blondine* scheine abzukratzen, denn gerade als er sie sich vornehmen wollte, habe sie angefangen zu japsen und rot anzulaufen, als würde sie ersticken.

Ñitos Unterweisungen, soviel war wohl klar, halfen mir nicht viel weiter (unter anderem deswegen, weil es noch eine ganze Weile dauerte, bis meine Gelegenheit kam), aber mit ihrer Hilfe überstand ich jene Jahre und fand allmählich meinen Weg im Gymnasium von Sabero und im Leben. Vielleicht war dieser Weg identisch mit dem, den wir, ob bei Schnee oder schönem Wetter, täglich von Olleros nach Sabero gingen und auf dem sich einigen von uns die Gelegenheit bot, von der *Ñito* immer sprach: zwischen Sahelices und Olleros lag der Fußballplatz des FC Hulleros, des Vereins unseres Tals, auf dem, wenn er nicht spielte, eine andere Art von Fußball stattfand. Ob derselbe Weg oder nicht, ich denke jedenfalls mit Wehmut an ihn zurück (wie auch an *Ñito*, an die *Blondine* und selbst an Don Vicente, die gewiß ebenfalls Opfer ihrer Lebensumstände waren), denn auf ihm sind wir, die Kinder von Olleros, die das Glück hatten, nach der Grundschule nicht direkt ins Bergwerk geschickt zu werden, jahrelang jeden Tag, bergauf und bergab, ins Leben und ins Erwachsenwerden hineingeschritten. Wenngleich wir auf dem Foto bewegungslos verharren, für den Fotografen in Positur gestellt am Fuß der Anhöhe von Sahelices.

26. Das erloschene Foto

Und bewegungslos sind wir auch auf diesem anderen, auf demselben Weg und im selben Jahr – 1965 –, obgleich die Straße eine andere ist und wir, die wir auf ihr dahingehen, auch nicht dieselben sind. Wir sind einige von jenen, dazu ein paar andere (Ibarra ist dabei und Balboa, aber *Ñito* ist nicht darauf), und wir gingen von La Herrera in Richtung Nueva Montaña, bevor der Fotograf uns festhielt. Im Gegensatz zum vorherigen jedoch ist dieses Foto nicht gestellt. Man merkt es daran, daß keiner von uns ihn anschaut, zumindest nicht direkt, und daß wir immer noch gehen, selbst nach so langer Zeit.

Da ist noch ein weiterer Unterschied zum vorigen: keiner von uns trägt Bücher und auch keine in ein Stück abgerissenes Papier eingewickelten Brote; was beweist, daß wir nicht auf dem Weg zum Gymnasium waren. Aber das hätte ich auch so gewußt. Balboa und Ibarra sind diesen Weg nämlich nie gegangen (Ibarra verließ Olleros kurz nach mir, und Balboa ging gleich nach der Grundschule zum Arbeiten in die Zeche), und Lolo, das ist der mit dem Igelschnitt, schon gar nicht: er war schwachsinnig und hatte epileptische Anfälle. Also muß ich annehmen, daß wir zum Fußballspielen gingen oder uns mit den Jungs von Sabero eine Prügelei liefern wollten, was unsere beiden Möglichkeiten waren, die Rivalität auszutragen, die zwischen den beiden Dörfern herrschte. Eine Rivalität, die solche wie ich, die nicht dort geboren waren, einfach erbten oder nach und nach übernahmen, die aber mit jedem Aufeinandertreffen wuchs und nicht einmal dadurch gemindert wurde, daß manche von uns, wenn die Zeit kam, in Don Vicentes Gymnasium dieselbe Schulbank drückten.

Doch das ist jetzt nicht mehr wichtig. Nach so vielen Jahren und so weit fort von dem Ort, zu dem wir, in welch finsterer Absicht auch immer (das mit der finsteren Absicht schließe ich aus unserem kriegerischen Aussehen), unterwegs waren, ist das nun, in meiner Erinnerung zumindest, von keinerlei Interesse mehr. Heute würde ich vor allem gern wissen, was aus den Jungen geworden ist, die mit mir auf diesem Foto auf der Brücke von La Herrera zu sehen sind; derselben Brücke, von der sich, wie es hieß, Calixto, ein *maquis* aus den Jahren nach dem Bürgerkrieg, mit auf dem Rücken gefesselten Händen hinunterstürzte, um der Guardia Civil zu entkommen, die ihn gefangengenommen hatte. An einige von ihnen kann ich mich noch erinnern. Es sind die, mit denen ich mehr unternommen oder mehr Zeit verbracht habe als mit anderen, oder die, aus nicht immer ersichtlichen Gründen, in meinem Gedächtnis eingeschlossen geblieben sind wie die Kohle in der Erde. Andere wiederum – die meisten – haben sich aus ihm verflüchtigt wie ein Traum.

Aber es hat sie gegeben. Der Beweis dafür ist, daß sie mich jetzt noch anschauen – von dem Foto her, und der eine oder andere auch auf dem Foto – und immer noch neben mir über die Brücke von La Herrera gehen. Von einigen weiß ich noch den Namen oder irgendeine Besonderheit (wie von Lolo, der epileptische Anfälle hatte, oder von dem, der links neben ihm geht: er hieß Daniel und kam im Bergwerk um, als ich mit dem Jurastudium begann; ich las es in einer Zeitung, die ich immer noch aufbewahre), aber von anderen nicht einmal das. Sie sind mir absolut unbekannt, Waisen der Erinnerung, die, wie der Traum der Vernunft, manchmal Ungetüme hervorbringt. Der mit dem blauen Pullover, zum Beispiel. Wäre er nicht auf dem Foto, hätte ich nie gewußt, daß es ihn gegeben hat. Ich würde sogar schwören, ihn noch nie gesehen zu haben, was ich jetzt natürlich nicht mehr kann. Er ist ein Fremder, ein Unbekannter, genau wie der Fotograf, der uns im Bild festgehalten hat, oder wie die Frau, die vom Balkon ihres Hauses aus auf die Brücke schaut; aber ich weiß, daß er einmal Abenteuer und Kämpfe mit mir bestanden hat (für ihn sind sie vielleicht immer noch lebendig: die Erinnerung ist nicht für alle dieselbe). Das heißt, er war mein Freund, wie Balboa oder Ibarra, obwohl ich nicht mehr weiß, wer er war.

Wenn ich mir Fotos ansehe, habe ich manchmal das Verlangen zu erfahren, wer jene sind, die mich aus ihnen heraus anschauen. Ich meine fremde Fotos (alte Fotos oder Fotografien von Unbekannten oder Fotos, die schon lange keinen Besitzer mehr haben). Ich betrachte sie und gebe ihnen Namen – als könnte ich sie auf diese Weise zugleich auch mit Erinnerung versehen – und versuche mir durch ihre Gesichter oder ihr Aussehen vorzustellen, wer sie waren, was sie gemacht haben und warum sie auf diesem Foto für immer miteinander verbunden sind. Es ist dasselbe, was ich als Kind getan habe, wenn ich mir den Schaukasten des *Minero* ansah. Manchmal – meistens – hatte ich den Film nicht gesehen (weil er für Ältere oder weil er noch nicht angelaufen war), und dann war meine Einbildungskraft rein und grenzenlos wie ein Traum: ich konnte ihn ihr ganz überlassen und ganz nach Belieben mit ihm verfahren. Andere Male jedoch waren die Filmfotos Erinnerungen; Erinnerungen an Filme, die ich bereits gesehen hatte, manchmal sogar mehr als einmal, und die mich unweigerlich dem überließen, was ich von ihnen wußte. Eben deshalb machte mich die Unmöglichkeit, das Gesicht oder den Namen einer Person, die ich auf einem Foto im Album sah, wiederzuerkennen oder mich an sie zu erinnern, und die mich auch nicht, wie auf den anderen, zum Träumen brachte, zutiefst untröstlich: ich fühlte mich gehalten, verpflichtet, sie zu kennen. So geht es mir jetzt mit diesem alten Foto. Ich habe das Gefühl, meine Kameraden wiedererkennen zu müssen, nicht nur meine besten Freunde, wie Balboa oder Ibarra, sondern alle. Doch sosehr ich es auch versuche, von einigen weiß ich absolut nichts mehr, nicht einmal, wie sie hießen; und bei ein paar anderen will es mir einfach nicht gelingen, sie wiederzuerkennen. Den mit dem blauen Pullover, zum Beispiel. Oder den mit der Strickmütze links daneben. Wären sie nicht dort, würden sie nicht immer noch über die Brücke von La Herrera gehen, ich würde schwören, sie noch nie im Leben gesehen zu haben oder, vielleicht, daß sie dem feindlichen Lager von Sabero angehörten.

Verwundern sollte mich das jedoch nicht. Seit ich aus Olleros fort bin, habe ich sie nie mehr gesehen, und seitdem ist viel Zeit vergangen. Von einigen habe ich durch meine Eltern, die noch ein paar Jahre länger in Olleros blieben, wieder gehört (und was ich hörte, war nicht sehr schön: wer nicht im Bergwerk umkam, wie Daniel, endete im Irrenhaus, wie Lolo, oder in der Besserungsanstalt, wie *Moreno*), doch von den übrigen habe ich nichts mehr erfahren, nicht einmal, ob sie noch leben.

Darum ist es für mich jetzt auch so schwierig, sie wiederzuerkennen. Balboa und Ibarra erkenne ich wieder sowie die zwei oder drei anderen, mit denen ich mehr Zeit als mit den übrigen verbrachte (wie Miguel, der im Nachbarhaus wohnte und der rechts neben mir geht; oder wie Pedro, der mit der Sonnenbrille, der aus Zamora stammte), doch die anderen kommen mir vor wie Schauspieler eines Films, von dem als einzige Erinnerung dieses Foto geblieben ist; ein verknittertes Foto, das kaum noch Farbe hat – genau wie die Fotos im Schaukasten des *Minero* nach einigen Monaten – und das mir auch nicht mehr hilft, mich an den Film zu erinnern. Es macht aber nichts. Wenngleich ich mich ihrer nicht mehr entsinne und nicht mehr weiß, wer sie waren oder was sie getan haben und nicht einmal, ob sie gestorben sind – solange die Fotografie existiert, leben sie weiter. Denn Fotografien sind wie manche Sterne: sie leuchten noch, obwohl sie schon seit Hunderten von Jahren erloschen sind.

27. Hundetrauben

Die Starrheit der Fotografien, oder besser gesagt, der Abgebildeten, ist nicht immer gleich. Es gibt Fotos, auf denen die Leute wie tot aussehen, so still und ausdruckslos sind sie, und es gibt andere, auf denen sie zwar ebenfalls reglos sind, aber dennoch aussehen, als wären sie voller Leben. Es ist, als wollten sie dem Foto entfliehen und warteten nur darauf, daß ihnen jemand von außerhalb dabei hilft.

Mir fallen unendlich viele Beispiele dazu ein. Die Fotos von Walker Evans, um nur einen zu nennen. Oder auch die von Juan Rulfo, dem mexikanischen Schriftsteller, von ihm aufgenommen, während er als Vertreter eines Autoreifenherstellers über die Dörfer seines Landes fuhr. Man könnte meinen, daß diese Männer und Frauen, die im Falle des Mexikaners die Zeit von einer Mauer aus oder in dem des Amerikaners von einer Tankstelle aus betrachten, noch genauso lebendig und so gegenwärtig sind wie in dem Augenblick, als sie aufgenommen wurden. Das Geheimnis liegt vielleicht darin, daß Walker Evans einer von ihnen war, und Rulfo wußte, daß Fotos etwas mit dem Tod zu tun haben.

Das hier gehört zu dieser Sorte. Es gehört zu einem Tag im Mai 1966 und ist direkt gegenüber unserem Haus bei den alten Baracken aufgenommen. Darauf ist zu sehen, wie ich mit ein paar anderen Jungen zwei Hunde mit Steinen bewerfe; sie schauen uns verängstigt an, ohne zu begreifen, warum wir sie bewerfen, und ohne entkommen zu können, weil sie beim Kopulieren ineinander verhakt sind (bestimmt haben wir sie überrascht, als sie gerade auf dem Höhepunkt ihrer Anstrengung waren). Im Hintergrund lacht ein Mann, als fände er das amüsant, und von den Baracken her schauen uns einige Frauen ganz verstört zu, vielleicht wegen des skandalösen Vorgangs oder wegen des Jaulens der armen Hunde (vielleicht entspringt das nur meiner Phantasie, aber einer von ihnen scheint uns mit dem Blick vorzuwerfen, was wir mit ihm anstellen). Es ist ein brutales Bild, sonderbar wegen seines Realitätsgehalts, aber zur damaligen Zeit auch ganz geläufig: eine der Vergnügungen für uns Jungen in Olleros war, die Hunde mit Steinen zu bewerfen, vor allem wenn sie mitten im Dorf kopulierten. Bestimmt waren wir neidisch, weil sie es in aller Freiheit taten.

Aber auch sonst hat das Foto etwas Brutales. Es ist vom Fuß des Abhangs aus aufgenommen, so daß die Heide und die Baracken zu sehen sind und die Landschaft durch die Perspektive tot wirkt. Als wäre der ganze Ort Teil des Bergwerks und das Bergwerk schon seit langem aufgegeben; zu diesem Eindruck tragen auch die Wolken bei, die über der Landschaft hängen und wie rauchgeschwängert aussehen, und die sonderbaren Farben, in die die ganze Szene getaucht ist: Grün und Schwarz und ab und zu etwas Rot – das der Ziegel auf den Baracken und des Motorrads, das dort steht – und das Strohgelb der Hunde. Fast dasselbe Gelb wie das meiner Haare.

Das Foto – ich erinnere mich noch gut daran – gab mir ein Freund, dem es der Fotograf als Entlohnung für irgendeinen Gefallen geschenkt hatte, und lange Zeit hatte ich es zu Hause unter einer Fliese versteckt, damit es meine Eltern ja nicht sahen. Nicht so sehr, weil sie darauf sehen konnten, wie ich ein paar arme Hunde mit Steinen bewarf, was mir ganz normal vorkam (schließlich taten das in Olleros ja alle), sondern weil sie dann entdeckt hätten, daß ich sehr viel mehr über Sex wußte, als sie sich vorstellten. Offiziell wußte ich damals noch nicht einmal, was das war.

Aber das Mysterium der Sexualität zog mich schon seit langem magisch an. Genau gesagt, seit ich mit acht Jahren an der Stelle, an der die Hunde sind, ein Pärchen bei derselben Sache überrascht hatte. Es waren, wie ich mich entsinne, Nachbarn von uns: ein Galicier, den sie *Patillas* nannten – weil er so lange Koteletten hatte –, und die Frau eines Grubenschreiners, die in Baracke 13 wohnte. Sie konnten mich nicht sehen (und ich konnte sie auch kaum erkennen: es war nachts und sie befanden sich in einem Brombeergestrüpp), aber von diesem Tag an schaute ich ihnen nicht mehr ins Gesicht, weil ich fürchtete, sie könnten in meinen Augen lesen, was ich von ihnen wußte. Obwohl ich sie noch des öfteren sah. Ich wußte, wo sie sich immer verabredeten (neben den Baracken), und folgte ihnen unbemerkt.

Natürlich sagte ich niemandem etwas davon, nicht einmal Balboa, der mein bester Freund war, denn ich fürchtete, sie – oder was noch schlimmer gewesen wäre, meine Eltern – könnten es erfahren, doch von dem Tag an spionierte ich mit Balboa den Pärchen des Ortes nach. Die Torwege der Baracken wurden so zum bevorzugten Schauplatz unserer Spiele. Abends, wenn sie nach Hause kamen, versteckten wir uns hinter den Türen, die immer offenstanden, und von dort aus belauschten wir sie voller Angst und Verlangen, natürlich ohne daß sie es wußten (nur einmal entdeckte uns, wie ich mich entsinne, ein Pärchen, und wir mußten abhauen). Im Sommer spionierten wir auch in der Umgebung des Tanzbodens, bei den Abraumhalden, die sich dahinter befanden, oder beim Fußballplatz, wo sich die Leute aus La Herrera am liebsten trafen. Aber der beste Ort war das Kino. Hinten im Dunkeln, im Schatten der Galerie, küßten sich die Pärchen voller Leidenschaft, und einige gingen sogar so weit, direkt zu vögeln. Señor Mundo hatte genug mit dem Filmvorführen zu tun, als daß er sich um sie hätte kümmern können.

Was mich bewegte, war die Frage, ob sie sich nicht vielleicht auch verhaken könnten wie die Hunde. Ich dachte darüber nach, was passieren würde, wenn plötzlich das Licht anginge, was nicht selten vorkam, und sie noch ineinandersteckten und sich nicht aushaken konnten, so wie es bei den Hunden der Fall war. Würde man sie dann in diesem Zustand aus dem Kino jagen oder weitermachen lassen, bis sie fertig wären? Und bei *Patillas*, wenn da plötzlich ihr Mann käme, würde er sie so, wie sie waren, umbringen oder warten, bis sie sich wieder ausgehakt hätten, um seine Schande zu verbergen?

Wie gewohnt war *Ñito* derjenige, der es mir erklärte. Er wußte das genau, weil er Erfahrung hatte. Das Geheimnis lag offenbar in diesen kleinen Früchten, die es am Bach gab und die Hundetrauben genannt wurden, weil sie so bitter waren, daß sie nur von den Hunden gefressen wurden. Sie fraßen sie vor allem im Frühjahr, wenn sie noch grün waren, und wurden dadurch so erregt, daß sie zu kopulieren anfingen und über eine Stunde nicht mehr aufhören konnten. Deshalb blieben sie verhakt, und deshalb konnten sie sich nicht trennen, selbst wenn man mit Steinen nach ihnen warf, ganz im Gegensatz zu den Menschen, die aufhören konnten, wann immer sie wollten. Es sei denn, natürlich, sie hätten ebenfalls von diesen Trauben gegessen. *Ñito* sagte mir, er habe sie einmal probiert und dann den ganzen Tag masturbieren müssen, bis ihre Wirkung nachgelassen habe. Aber da er das sowieso ständig tat, wußte ich nicht, ob ich ihm glauben sollte.

Heute weiß ich jedoch, daß *Ñito* recht hatte. Nicht was diese Trauben betrifft, die ich auch kannte, aber nie probiert habe, sondern was die Erregung angeht, die der Frühling bei den Hunden auslöste: das war die Zeit, in der man sie zu Dutzenden bei der Paarung sehen konnte und wir Jungen sie, wie auf dem Foto, mit Steinwürfen durch das ganze Dorf jagten. Aber der Frühling wirkte sich nicht nur auf die Hunde aus. Wenn das Wetter besser wurde, schienen sich alle Leute in Olleros zu verändern, und in den umliegenden Wäldern häuften sich die Paare, die verstohlen nach einem Platz suchten, wo sie sich verstecken konnten. Sogar wir, die wir nocht nicht richtig wußten, was es mit dem Sex auf sich hatte, es aber bereits erahnten (immerhin waren wir ja schon an der Schwelle zum Erwachsenwerden), spürten, daß sich unser Blut erhitzte. Vielleicht verfolgten wir deshalb die Hunde. Weil wir sie beneideten, nicht weil wir sie nicht mochten.

Deshalb betrachte ich jetzt, nach so vielen Jahren, dieses gleichzeitig so schöne und so brutale Foto, und das einzige, was ich bereue, sind diese Steine, die wir nach ihnen warfen und die nichts anderes waren als unsere eigenen Hundetrauben.

28. Wie der Schnee

Als das Schuljahr 1967 zu Ende ging, wurde mein Vater krank. Es war ein hartes Jahr gewesen – wie alle anderen auch, nehme ich an –, und als die Schule endete, begann mein Vater den Kopf hängen zu lassen wie eine Pflanze und saß schließlich nur noch zu Hause herum, hatte keine Lust mehr, mit irgendeinem zu sprechen und nicht einmal mehr, in die Bar zu gehen. Es war, als sei ihm das Leben mit einem Mal zur Last geworden.

Ich wußte nicht, was er hatte, und auch nicht, warum er immer im Haus blieb, war er doch sonst den ganzen Tag draußen, besonders im Sommer, und unterhielt sich mit den Leuten oder arbeitete im Garten. Aber ich sah ihn nur zu Hause sitzen – oder, an manchen Tagen, im Bett liegen – und abwesend ins Leere starren und dachte, ihm müsse etwas Schlimmes zugestoßen sein, vor allem, weil niemand mir sagen wollte, was es war.

Zudem war meine Mutter in der letzten Zeit auch sehr schweigsam geworden. Sie war zwar nie besonders gesprächig oder fröhlich gewesen (wenn sie sich über etwas freute, dann wohl nur innerlich), aber in letzter Zeit wirkte sie bekümmerter als gewöhnlich und sprach stunden- und tagelang kein Wort. Es war, als hätten mein Vater und sie sich abgesprochen.

Anfangs machte ich mir auch darüber Sorgen. So kannte ich meine Eltern gar nicht, vor allem nicht meinen Vater, der stets guter Dinge war – obwohl in der Schule immer sehr ernst –, und ich stellte mir vor, daß er vielleicht stürbe. Der Gedanke, Halbwaise zu werden, wie Balboa, erschien mir noch schlimmer als der Tod (ab und zu träumte ich noch davon, wie ich in León verlorengegangen war). Doch als die Tage vergingen und ich sah, daß mein Vater nicht starb (im Gegenteil: daß er zu essen anfing), ließen meine Sorgen langsam nach, und ich interessierte mich mehr dafür, was im Dorf passierte. Schließlich war Sommer, und ich mußte nicht ins Gymnasium.

Die Krankheit meines Vaters erlaubte mir andererseits auch, den ganzen Tag auf der Straße zu sein, da ihm Lärm und selbst unsere Anwesenheit lästig war. Mein Bruder war, wie in jedem Sommer, aus Madrid gekommen, und meine älteste Schwester hatte ihr Studium beendet (sie war jetzt im Lehrberuf, was auch er anstrebte), aber nicht einmal das hatte seine Stimmung gebessert. Es war, als ob ihn nichts interessierte, als gebe es nichts außer dem, was in seinem Kopf war. Also nutzten wir die Gelegenheit, um, so wie die anderen Kinder, den ganzen Tag auf der Straße zuzubringen, was uns den Rest des Jahres über verboten war, selbst im Sommer, wenn er nicht krank war. Da mußten wir Besorgungen machen und ihm im Garten helfen und außerdem immer noch für die Schule lernen, damit wir nichts vergaßen.

Darüberhinaus würde auch ich Olleros in jenem Herbst verlassen. Ich würde mit meinem Bruder nach Madrid gehen. Ohne es zu wollen, hatte er mich von etwas überzeugt, was Pater Pesquera, der weißbärtige Mönch, der ihn dorthin gebracht hatte und der immer noch Jahr für Jahr die Dorfschulen abklapperte (und der, wenn er in Olleros war, bei uns wohnte: er hatte sich mit meinen Eltern angefreundet), seit langem erfolglos versucht hatte: mich dazu zu bringen, daß auch ich mit ihm ging. Mein Bruder hatte es erreicht, ohne ein Wort darüber zu verlieren, allein mit seinen Erzählungen und den Fotos, die er in den Sommerferien vom Internat mitbrachte: ein in einem Pinienwald in den Bergen gelegenes Gebäude, von dem aus man Madrid sehen konnte und in dem die Schüler einen glücklichen Eindruck machten, bestimmt weil sie da nicht Don Vicente hatten. So wie sie auch nicht frieren und täglich sechs Kilometer, manchmal durch hohen Schnee, gehen mußten, um hinterher obendrein noch die Lektion für den nächsten Tag zu lernen. Dazu zwang uns nämlich mein Vater, solange wir in Olleros wohnten (seine Vorstellung von Disziplin übertraf sogar noch die von Don Vicente).

Wenn ich es mir jetzt überlege, war es vielleicht das, was ihn so traurig stimmte. Nicht, daß er es nicht mehr tun konnte (mein Lernen überwachen, meine ich), sondern daß auch ich jetzt fortging. Nach dem Weggang meiner älteren Geschwister hatte sich das Haus merklich geleert, und wenn ich jetzt ebenfalls ging, würde es ganz leer sein: dann war nur noch die Kleine da. Aber er sagte nie etwas; im Gegenteil, er ermunterte mich zu gehen, wie er es auch bei meiner Schwester und meinem Bruder getan hatte, obwohl es ihm und meiner Mutter schwerfallen mußte, den ganzen Winter über so allein zu sein. Er wußte, welche Zukunft uns erwartete, falls wir in Olleros blieben.

Aber innerlich litt er darunter. Man sah es an seinen Augen und daran, wie er uns anschaute, und am Desinteresse, das er allem anderen entgegenbrachte. Er interessierte sich nicht einmal mehr für die Nachrichten, die er sonst immer verfolgt hatte, und auch nicht für das, was im Dorf geschah, obgleich in jenem Sommer, erinnere ich mich, einiges passierte (außer zwei Bergleuten, die in Colle umkamen, und einem, der zum Invaliden wurde, tötete ein Fahrer der Bergwerksgesellschaft einen Nachbarn aus Eifersucht). Er saß den ganzen Tag nur herum – oder lag dösend im Bett –, und wenn er einmal aufstand, starrte er nur die Bienenkörbe an. Sie standen hinter dem Haus im Garten, und wir konnten sie vom Küchenfenster aus sehen.

Sie waren sein großes Steckenpferd, die einzige Leidenschaft, außer dem Tabak, an die ich mich erinnern kann. Früher hatte er sie neben der Werkstatt von Señor Modesto stehen, einem alten Schuster, der ein guter Freund von ihm war und bei dem er im Winter viele Nachmittage verbrachte, aber dann hatte er sie in den Garten geholt, weil es ihm zu weit entfernt gewesen war. Er mußte sie sehen, mußte sie jeden Morgen, bevor er zur Schule ging, betrachten können, und am Nachmittag, wenn er aus der Bar kam, während meine Mutter das Abendessen machte. Wenn das Wetter besser wurde, verbrachte er den ganzen Tag bei ihnen, überprüfte die Kästen oder wechselte die Stöcke aus, und im Sommer, wenn sie schon gefüllt waren, holte er den Honig heraus, mit dem er später die Kosten für die studierenden Kinder bestritt. Das Lehrergehalt damals reichte dafür nicht.

In jenem Jahr jedoch schienen ihn nicht einmal die Bienenstöcke zu interessieren. Er betrachtete sie vom Fenster aus, manchmal über Stunden hinweg, aber wie jemand, der etwas anschaut, das sehr weit weg ist (vermutlich war er selbst es, wenn ich auch nichts davon merkte). Ich wußte noch nicht, was eine Depression war (ich hatte das Wort noch nicht einmal gehört), und dachte, sie interessierten ihn einfach nicht mehr oder er hätte keine Lust mehr, sich um sie zu kümmern. Eines Tages jedoch sah ich ihn plötzlich das Haus verlassen und in den Garten gehen. Er ging langsam, als wäre er ein alter Mann. Er öffnete das Gartentörchen und ging hinein, und zwischen den Tomatenreihen und den Gemüsebeeten, die er selbst angelegt hatte und um die meine Mutter sich während seiner Krankheit kümmerte, ging er zu den Bienenstöcken. Er setzte sich dort hin und betrachtete sie, ohne sich darum zu scheren, daß die Bienen um ihn herumschwirrten, und ohne eine ganze Weile zu bemerken, daß ich ihm vom Zaun her zuschaute. Als er mich sah, winkte er mich zu sich heran, und als ich zu ihm kam, schaute er mich sehr ernst an. Ich dachte, er würde mir etwas sagen, aber er schwieg weiterhin. Nach einer Weile jedoch schaute er mich erneut an und sagte mit trauriger Stimme, wobei er auf die Bienenkörbe deutete: »Ihr alle geht, nur die da nicht.«

In jenem Jahr, erinnere ich mich, half ich ihm, den Honig herauszuholen, obwohl ich die Wabenkästen kaum tragen konnte, die in dem Jahr auch noch randvoll waren, und obwohl ich Angst vor den Bienen hatte: einmal hatten sie mich gestochen und ich war angeschwollen wie ein Schwein. Außerdem befürchtete ich, es könne mir wieder passieren, denn am nächsten Tag war unser Dorffest. Sie stachen mich aber nicht. Zumindest weiß ich nichts mehr davon. Ich weiß nur noch, daß mein Vater hinterher nicht mehr so traurig und meine Mutter so stolz auf mich war, als hätte ich im Gymnasium eine Auszeichnung bekommen. Die Auszeichnung war für mich aber dieses Foto, das der Fotograf an den Bienenstöcken von uns gemacht hat. Es ist das letzte im Album und auch das letzte, das ich von Olleros besitze: dieser in meiner Erinnerung reglos verharrenden Anhäufung von Bienenkästen voller anonymer Menschen, wie meine Eltern, aus der ich jedoch schon allmählich entschwand.

Wie der Schnee.

Inhalt

Italienische und spanische Literatur in der edition suhrkamp und in den suhrkamp taschenbüchern

Rafael Alberti: Der Verlorene Hain. Erinnerungen. Aus dem Spanischen von Joachim A. Frank. st 1171

Juan Benet: Du wirst es zu nichts bringen. Erzählungen. Aus dem Spanischen von Gerhard Poppenberg. es 1611

Gesualdo Bufalino: Die Lügen der Nacht. Roman. Aus dem Italienischen von Marianne Schneider. st 2313

– Das Pesthaus. Aus dem Italienischen von Karin Fleischanderl. st 2482

Roberto Calasso: Die geheime Geschichte des Senatspräsidenten Dr. Daniel Paul Schreber. Aus dem Italienischen von Reimar Klein. es 1024

Leopoldo Alas Clarín: Die Präsidentin. Roman. Aus dem Spanischen von Egon Hartmann. Mit einem Nachwort von F. R. Fries. st 1390

Cristina Fernández Cubas: Das geschenkte Jahr. Roman. Aus dem Spanischen von Eva Schikorski. es 1549

Alejandro Gándara: Die Mittelstrecke. Roman. Aus dem Spanischen von Eva Schikorski. es 1597

Federico García Lorca: Dichtung vom Cante Jondo. Dichtung vom tiefinnern Sang. Deutsch von Enrique Beck. st 1007

Adelaida García Morales: Die Logik des Vampirs. Roman. Aus dem Spanischen von Anne Sorg-Schumacher. es 1871

– Das Schweigen der Sirenen. Roman. Aus dem Spanischen von Anne Sorg-Schumacher. es 1647

– Der Süden. Bene. Aus dem Spanischen von Anne Sorg-Schumacher und Imme Bergmaier. es 1460

Ian Gibson: Federico García Lorca. Eine Biographie. Aus dem Englischen von Bernhard Straub. Mit zahlreichen Abbildungen. st 2286

Natalia Ginzburg: Caro Michele. Der Roman einer Familie. Aus dem Italienischen von Arianna Giachi. st 853

– Ein Mann und eine Frau. Aus dem Italienischen von Arianna Giachi. st 816

Juan Goytisolo: Ein algerisches Tagebuch. Aus dem Spanischen von Thomas Brovot. es 1941

– Dissidenten. Aus dem Spanischen von Joachim A. Frank. es 1224

– Notizen aus Sarajewo. Reportagen. Aus dem Spanischen von Meralde Meyer-Minnemann. Mit zahlreichen Abbildungen. es 1899

– Die Quarantäne. Prosa. Aus dem Spanischen von Thomas Brovot. es 1874

– Spanien und die Spanier. Aus dem Spanischen übertragen von Fritz Vogelgsang. st 861

114/1/7.95

Italienische und spanische Literatur in der edition suhrkamp und in den suhrkamp taschenbüchern

Juan Goytisolo: Weder Krieg noch Frieden. Palästina und Israel heute. Aus dem Spanischen von Thomas Brovot. es 1966

José Guelbenzu: Der Blick. Roman. Aus dem Spanischen von Peter Schwaar. es 1596

Cesare Lievi: Die Sommergeschwister. Ein Stück. Aus dem Italienischen von Peter Iden. es 1785

Julio Llamazares: Der gelbe Regen. Roman. Aus dem Spanischen von Wilfried Böhringer. es 1660

– Wolfsmond. Roman. Aus dem Spanischen von Wilfried Böhringer. st 2205

Eduardo Mendoza: Die Stadt der Wunder. Roman. Aus dem Spanischen von Peter Schwaar. st 2142 und st 2443

– Die unerhörte Insel. Roman. Aus dem Spanischen von Peter Schwaar. st 2519

– Die Wahrheit über den Fall Savolta. Roman. Aus dem Spanischen von Peter Schwaar. st 2278

Juan José Millás: Dein verwirrender Name. Roman. Aus dem Spanischen von Peter Schwaar. es 1623

Rosa Montero: Geliebter Gebieter. Roman. Aus dem Spanischen von Susanne Ackermann. st 1879

– Ich werde dich behandeln wie eine Königin. Roman. Aus dem Spanischen von Susanne Ackermann. st 1944

– Zittern. Roman. Aus dem Spanischen von Susanne Ackermann. st 2396

Guido Morselli: Licht am Ende des Tunnels. Roman. Aus dem Italienischen von Arianna Giachi. st 2207

Álvaro Mutis: Ilona kommt mit dem Regen. Roman. Aus dem Spanischen von Katharina Posada. st 2419

– Der Schnee des Admirals. Roman. Aus dem Spanischen von Katharina Posada. st 2291

– Ein schönes Sterben. Roman. Aus dem Spanischen von Katharina Posada. st 2525

Mercè Rodoreda: Auf der Plaça del Diamant. Roman. Aus dem Katalanischen von Hans Weiss. Mit einem Nachwort von Gabriel García Márquez. st 977

Alberto Savinio: Stadt, ich lausche deinem Herzen. Aus dem Italienischen von Karin Fleischanderl. st 2204

Jorge Semprun: Algarabía oder Die neuen Geheimnisse von Paris. Roman. Aus dem Französischen von Traugott König und Christine Delory-Momberger. st 1669

114/2/7.95

Italienische und spanische Literatur in der edition suhrkamp und in den suhrkamp taschenbüchern

Jorge Semprun: Europas Linke ohne Utopien. Essays. Aus dem Französischen von Wolfram Bayer. es 1915
– Die große Reise. Roman. Aus dem Französischen von Abelle Christaller nach der Originalausgabe. st 744
– Was für ein schöner Sonntag. Aus dem Französischen von Johannes Piron. st 972
– Der weiße Berg. Roman. Aus dem Französischen von Eva Moldenhauer. st 1768
– Yves Montand: Das Leben geht weiter. Aus dem Französischen von Uli Aumüller. st 1279
– Der zweite Tod des Ramón Mercader. Roman. Aus dem Französischen von Gundl Steinmetz. st 564
Giani Stuparich: Ein Sommer in Isola. Geschichten von der Liebe. Aus dem Italienischen übersetzt und mit einem Nachwort versehen von Renate Lunzer. st 2457
Enrique Vila-Matas: Vorbildliche Selbstmorde. Erzählungen. Aus dem Spanischen von Veronika Schmidt. es 1969
Giorgio Voghera: Nostra Signora Morte. Der Tod. Aus dem Italienischen von Renate Lunzer. st 2212

114/3/7.95